거울 속 모래나라

황금알 시인선 40

거울 속 모래나라

초판인쇄일 | 2011년 02월 15일
초판발행일 | 2011년 02월 28일

지은이 | 김영석
펴낸곳 | 도서출판 황금알
펴낸이 | 金永馥
선정위원 | 마종기 · 유안진 · 이수익
주 간 | 김영탁
디자인실장 | 조경숙
제작진행 | 칼라박스
주 소 | 110-510 서울시 종로구 동숭동 201-14 청기와빌라2차 104호
물류센타(직송 · 반품) | 100-272 서울시 중구 필동2가 124-6 1F
전 화 | 02)2275-9171
팩 스 | 02)2275-9172
이메일 | tibet21@hanmail.net
홈페이지 | http://goldegg21.com
출판등록 | 2003년 03월 26일(제300-2003-230호)

값 9,000원

ISBN 978-89-91601-95-6-03810

거울 속 모래나라

김영석 시집

황금알

　이 시집은 나의 첫번째 시집부터 몇 편씩 선보여 왔던 사설시辭說詩만을 한데 모아 묶은 것이다. 다만 첫 시집에서 누락된 미발표작 「아무도 없느냐」 1편을 더하였다.
　편의상 사설시라 부르는 이 시 형식은 산문으로 된 이야기를 배경으로 두고 쓴 시로서, 시와 산문이 하나의 구조로 결합되면서 좀 더 높은 수준의 새로운 시적 영역이 열릴 수 있도록 시도해 본 것이다.
　나는 앞으로도 기회가 닿는 대로 이러한 사설시를 조금 더 써 볼 생각이다.

2010년 10월
능가산 가인봉 세설헌洗雪軒에서
하인何人 김영석

차 례

두 개의 하늘

그 해 가을, 피간성皮間性이가 전남 곡성의 이름도 없는 작은 암자에 가서 파라치온을 마시고 자살해야만 했던 이유를 지금도 우리 동창생들은 확실히 알 수가 없다. 다만 그가 죽은 뒤에야 알려진 여러가지 정황과 폐쇄적이라 할 만큼 결벽증과 순수성이 강했던 그의 남다른 성격으로 미루어볼 때, 일종의 현실 부적응에서 비롯된 정신 분열증세나 절망감 탓이었을 것이라고 쉽게 짐작할 뿐이다.

그는 수재답게 중학교부터 대학을 마칠 때까지 줄곧 학비를 면제받은 특대장학생이었고, 그 어렵다는 회계사가 되었고, 사람들이 흔히 노른자위라고 일컫는 세무서의 요직들을 두루 거친 다음에 국세청에서 주로 기업체의 세무 감사를 맡고 있었다. 그래서 우리는 아직도 세상의 때가 묻지 않은 듯한 그를 두고 호박씨나 까는 위선자쯤으로 여기기 시작했던 것도 사실이다.

그러나 그가 죽은 뒤에 확인할 수 있었던 그의 을씨년스럽기 짝이 없는 살림살이 형편은 그런 속된 우리들의 생각을 여지없이 깨버렸다. 그는 세검정 산비탈의 서너 칸이나 될까말까 하는 블록 집에서 네 명의 이복 동생을

"

포함한 아홉 식구를 근근이 부양하며 살고 있었던 것이다.

그러자 이번에는 우리의 예상이 빗나간 것에 보복이나 하듯이 우리들은 다시 그의 행동을 젖비린내 나는 치졸한 것으로 생각하기 시작했다. 그래도 역시 선뜻 잘 이해가 되지 않는 그 어려운 형편은 물론이거니와, 그 어려운 형편 때문에 더욱 자살의 이유가 오리무중인 것은 마찬가지였다.

시체를 수습하다가 내가 발견한 그의 낡은 수첩 속에는 곳곳에 뜻 모를 독백체의 일기가 흩어져 있었다. 그 일기의 파편들 속에 그의 죽음에 대한 어떤 실마리가 있을 것으로 여겨졌다. 그래서 이제서야 나는 그를 면례緬禮하는 셈치고 그의 일기 중에서 무슨 의미가 있을 듯한 뼛조각들만을 추려 다소 애매하고 불완전한 대로 대강 맞추어서 여기에 적어본다.

새벽은 늘
깨어 있는 자의 푸른 힘줄이다
물은 아래로 아래로 흘러가면서

푸른 하늘에 이르지만
나는 사람이므로
갈수록 부서지고 갈라지는 마음을
새벽의 힘줄로 동이고
맑은 물빛 하늘이 그리워
오늘도 산에 오른다

새벽에 산에 올라
흰피톨처럼 아직 빛나고 있는
하늘의 별들을
땀 젖은 칼날의 이마에 비추어본 사람은
홀로이 깨달았으리라
지상의 척도로는 재어볼 수 없는
인간의 키를
발바닥과 이마의 그 절벽의 높이를
그리고
왜 낮은 땅 위에서는
하늘이 둘로 나누어질 수밖에 없는가를

마침내 이제 나는
살 속의 수천 마리 지렁이들을
아홉 식구의 검은 무명베 솜이불로
다 가리지 못하고
한 짐 자갈을 채워 눌러도
캄캄하게 새어나오는
지렁이의 막막한 울음과 함께
블록 벽을 무너뜨리며 쓰러진다

물은 아래로 아래로 흘러가면서
제 몸을 스스로 맑게 통일하지만
나는 사람이므로
산자락의 하늘 하나를 남겨두고
나머지를 죽인다

  그가 말하는 두 개의 하늘이 무엇을 의미하는 것인지
아직도 살아있는 우리로서는 불분명하다. 다만 우연히
짐승들의 눈에 비친 흐린 하늘을 얼핏 보면서 야릇한 현
기증을 느끼곤 하는데, 그럴 때마다 나는 알 수 없는 노

여읽과 함께 마치 그가 옆에 있기라도 하는 듯, 병신 육
갑하네, 하고 불쑥 내뱉을 뿐이다. 그러나 금세 나는 또
그 말을 지워버리기라도 하려는 듯이 좀 상투적이고 유
치하지만 이런 생각을 해보는 것이다. 진짜로 병신 육갑
을 떠는 것은 저쪽에 있는 그가 아니라 이쪽에 있는 우
리들이 아닌가 하고 말이다.

지리산에서

인간의 비의秘義를 본 듯한 그 충격적인 작은 사건은 바로 지난 겨울 직장의 동료들과 함께 어울려 떠났던 지리산 등반 때의 일이었다.

누군가 우연히 언 땅을 삽으로 파내다가 아직 흩어지지 않은 채 고스란히 남아 있는 백골 한 구를 발견했던 것이다. 그런데 놀랍게도 거무튀튀하게 변색된 그 뼈 무더기는 아직도 번들거리는 전선줄로 가슴께와 손목께가 여러 겹 느슨히 묶여 있는 채였다.

한동안의 침묵을 깨고 살아있는 자들이 더듬더듬 제 의견을 한 마디씩 공허하게 내뱉었다.

"여게 공비토벌로 유명하이 이거는 틀림없이 빨갱이 뻑다구다. 맞다 아이가."

"아니야. 이쪽 군경의 유골일 수도 있지. 피아 모두 사상사가 엄청났으니까."

"글씨 말이여. 이것도 죄없는 농투사니 아니겠어. 예나 제나 난리통으 이런 디서 개죽음당한 건 양민들이 훨씬 많응게 말이여."

침묵 사이로 희끗희끗 눈발이 내리기 시작하고 있었다.

파헤쳐진 흙은
더욱 무겁고 고요하다
교과서에서 익힌 우리들 얄팍한 삽질로
더 파낼 수 없는 지리산

네 몸의 치수에 꼭 끼던
옷을 벗어버리고
네 팔다리의 자유를 주던
법을 버리고
네 흐린 눈의 초점을 지켜주던
깃발도 버리고
네 키의 한 뼘 위에서
빛나던 별도 버리고
그러나 끝내
아무도 놓여날 수 없었던 모순의 꿈
네 뼈와 짝을 이룬 저 자유의 사슬

이제 사슬의 고요 그늘진

우리들의 손바닥 위에
남북을 지우며 눈이 내린다
아득히 내리는 눈발 너머
등 굽은 어머니의 한 사발 정한수에
지리산이 갈앉고
한 사발의 하늘 위로 소리없이 떠가는
기러기 한 줄
그 투명한 끝을
어디선가 아버지가
한사코 잡아당기고 있다.

독백

　1612년 임자王子 3월 그믐의 설핏한 해거름. 흥인문 밖 가파른 언덕의 다 쓰러져가는 한 움막 속에서, 허균許筠은 장독杖毒으로 막 숨을 거둔 강개와 지절의 시인 권필權韠의 뜬 눈을 홀로 감겨주고 있었다. 귀양길을 앞두고 타는 속을 끄기라도 하려는 듯, 한 자배기의 술을 단숨에 들이켜고 나서 이내 장독이 퍼져 불혹의 짧은 생애를 거두고 만 것이다. 광해군의 처족들과 권신들을 풍자하여 지은 궁류시宮柳詩가 비명의 화근이었다.

　밖은 복사꽃 붉은 빗낱이 어지러이 떨어지고 있었고 낮게 드리운 저녁 하늘이 장안을 무덤처럼 감싸고 있었다. 저무는 하늘 끝을 넋 놓고 바라보던 균이 문득 신음하듯 낮게 중얼거렸다.

　이승의 홑이불 한 닢 겹중 말아 들고
　어두워오는 천지 사방
　멀고 팍팍한 쇠무릎 길을
　이제 나 혼자 어디로 가야 하느냐
　앙버팀하는
　튼튼한 울바자의 가슴 속

길도 없는 수천 마리 짐승들을 데리고
어디로 머리를 둘러야 하느냐
봄 치위도 다 못 가리던
이제 기울어진 하늘이나 더욱
어둡게 가리고 있는
그대 한평생의 남루 한 자락
끝내 휘지 않던
오직 곧은 그대의 창끝
모두 다 흔적 없이 사라지고
날 다 저문 봄날 저녁
무너진 흙담 곁 쥐똥나무 새로
오종종 떨고 서 있는 그대 식구들
이제는 나도 떠나야 하랴
밥 한 그릇 안 되는 시를 버리고
발바닥 두꺼운 캄캄한 짐승들을 데리고
어느 두메 묵정밭이라도 갈고 있으랴
내달러 주저앉은 뻘밭에 앉아
오지 않는 파도나 기다리며
그만 막살이로 손뼘이나 재고 있으랴.

아무도 없느냐

동학군은 곰고개와 우금치에서 벌어진 최후의 혈전에서 미나미 소좌가 이끄는 일본 후비 보병 제 19 대대와 이에 합세한 관군에 의하여 무참히 패산되었다.

동짓달 저녁 찬바람을 맞으며 전봉준은 따르는 수병手兵 하나 없이 정읍으로 향하는 논두럭길을 혼자서 창황히 걷고 있었다.

관군에게 보낸 고시문의 토막들이 빈 배가 출렁이듯 걷는 대로 그의 가슴 속을 공허하게 일렁거렸다.

……기실은 조선 사람끼리 서로 싸우자는 바가 아니어늘 이와 같이 골육상전하니 애닯지 아니하리오……조선 사람끼리라도 도道는 다르나 척왜斥倭와 척화斥華는 그 뜻이 일반이라……척왜척화하여 조선으로 왜국이 되지 아니케 하고 동심합력하여 대사를 이루게 하올새……

전봉준은 더 이상 걸을 수 없어 매서운 겨울 바람을 온 몸에 받으며 그만 무너지듯 논두럭길에 주저앉아 버렸다.

아무도 없느냐

땅끝까지 어둠에 등뼈를 누인
빈 벌판
가슴은 온통 울음도 샐 틈 없이
무겁고 적막한 돌덩이들로
목구멍까지 눌러 채워놓고
벌판 끝에서 마지막까지 살아있던
배고플수록 더욱 빛나던 몇 점 불빛을
매운 눈 부비며
몇 번이고 안간힘으로 떠올려 본다

아무도 없느냐

할애비와 애비와 손주 새끼들끼지
이 땅의 두리기둥 대들보를 건더 지켜온
저 노역의 공이가 박힌 어깨와 어깨
등줄기로 떨어지는 겹겹의 채찍 그림자
그러나 의연히

이마를 높이 들게 하던 먼 산들
이제는 그 산들도 모다 무너져 앉아
논두럭의 마른 풀잎 그늘 아래
흔적없이 가려지고 말았구나

아무도 없느냐

너희들은 가라, 너희 땅으로 가라
향방 없는 돌개바람 속의 아우성도
쇠뜨기와 질경이의 잔뿌리로 잦아들고
아버지가 누워있는 장살杖殺의 어둠 속
이제 최후로 남은 일은
이 길의 끄트머리
귀를 열고 숨죽여 그날을 기다리는
수많은 창맹蒼氓들의 봉창 앞에서
마지막 한 이랑 파도마저 죽이는 일이구나
한 이랑의 작은 무덤으로 하여금
마침내
천의 어깨 겯고야 일어서는

푸른 파도의 밀물을 만들어 내고
벌판에는 다시 또
먼 산들을 드높이 세우는 일이구나

아무도 없느냐
아무도 없느냐

오늘날 녹두장군 전봉준의 무덤이 어디에 있는지는 확
실히 알려져 있지 않다. 전북 정읍군 산외면 평사리의
무덤을 비롯하여 조선땅 곳곳에 그의 무덤이라고 전해
지는 무수한 전설이 떠돌고 있지만 도무지 그 내력은 알
수 없는 일이다. 어쩌면 이제 그의 무덤은 어느 한 장소
에 있는 것이 아니라 흰옷 입은 사람들이 사는 곳이면
어디든지 있을 수밖에 없는 것인지도 모른다.
　이제 다만 확실한 것은 오늘도 젊은이들이 푸른 파도
를 기다리고 늘 이마를 높이 들어 먼 산들을 바라보며
푸르게 자라고 있다는 사실이나.

마음아, 너는 거름이 되어

　내가 15세기 조선시대의 기인 매월당梅月堂의 죽음에 대한 그 파천황의 이야기를 들은 것은 어수선하고 스산하게 한 해도 다 저물어가는 1980년 12월 말일경, 유난히도 추운 어느 날이었다.

　마침 그때 나는 무슨 일로 충청도 홍산에 있는 처가에 내려갔다가 매월당이 임종하기까지 그의 말년을 의탁하고 있었다는 만수산의 무량사無量寺에 잠시 들렀었다. 거기서 한 늙은 스님과 매월당에 대한 이런저런 이야기를 하게 되었는데, 좀 황당하게 들리는 그 이야기를 스님은 이렇게 더듬더듬 말하는 것이었다.

　"그전부터 내려오는 이야기를 그저 주워들은 것이긴 합니다만, 그분이 생전에 보인 여러 기행들을 생각하면 미상불 그럴 듯도 해요. 죽고 난 뒤 화장을 하지 말라는 유언을 남기고 그분은 곧바로 똥통 속으로 들어갔다고 합니다. 그리고 똥통 속에 들어앉아서 무슨 노래를 부르다가 열반에 드셨다는 거지요. 더러 큰 스님들이 가부좌하거나 혹은 서 있는 채로 입적하는 일이 있고 심지어는 물구나무선 채로 사대 육신을 벗기도 했다는 이야기를 들어보긴 했습니다만 그분처럼 똥통 속에 들어가서 입

22

적한 것은 실로 고금에 없는 일이지요. 그리고 또 이상
한 것은 관곽을 이 무량사 곁에 3년 동안 모셨다가 장사
지낼 적에 관을 열어보니 그 얼굴이 마치 살아있는 것과
같았다는 것입니다. 그래서 모두들 그분이 부처가 되었
다고 말했다는 것이지요."

어디까지 믿어야 할지 알 수 없는 이야기이긴 하지만,
한편으로는 그것이 사실일지도 모른다는 생각이 들었
다. 왜냐하면 매월당 그에게는 생전에 이미 스스로 똥통
속에 몇 번 들어갔었다는 이야기가 널리 전해지고 있기
때문이다. 그가 젊어서 삼각산 중흥사에서 글을 읽고 있
을 때, 세조가 어린 단종을 제치고 왕위에 올랐다는 소
식을 듣고 그는 처음으로 똥통 속에 들어가서 큰 소리로
울었다고 한다. 그리고 훗날에 그의 재주를 아까워하던
임금이 벼슬을 주기 위해 관원을 시켜 그를 모셔 오라고
했을 때, 그는 또 똥동 속에 들어가서 관원들이 아예 섭
근조차 하지 못하도록 했다고도 한다. 이런 이야기들로
미루어보면 그가 똥통 속에서 입적했다는 것이 전혀 사
실무근한 일로만은 여겨지지 않는다.

그러나 무엇보다도 그 이야기에 설득력을 주는 것은

그가 생전에 자신의 초상화에 붙였다는 찬시讚詩다. 그 찬시에 그는, "네 모습 지극히 약하며 네 말은 분별이 없으니 마땅히 구렁 속에 빠질지어다"라고 하였던 것이다.

그런데 가만히 생각해보면, 그의 사상과 행위에 얽혀서 하나의 뜻 깊은 문맥을 이루고 있는 그 분뇨의 상징적 의미가 얼핏 생각하는 것과는 달리 어딘지 영 쉽게 풀리지 않는 구석을 지니고 있는 것이다. 부정하고 혼탁한 세속의 현실과 권세를 풍자하고 냉소하는, 그리고 엄격한 자기 책벌의 가열한 도덕적 의지를 보여준다는 차원에서만은 그 의미가 잘 이해되지 않는 구석이 있는 것이다. 특히 그의 임종시의 행위가 그렇다.

나는 그도 생전에 이 무량사의 도량에서 무연히 바라보았을 먼 하늘을 한동안 망연히 바라보았다. 낮게 드리운 잿빛 겨울 하늘에 수염은 기른 채 머리만 깎은 그의 모습이 잠시 환영으로 보이는 듯했다. 몇 세기의 까마득한 세월을 사이에 두고 나는 그가 똥통 속에서 불렀다는 그 노래를 마치 장님이 뭐 만지듯이 한번 희미하게 떠올려본다.

너희들이 내어버린 세상을
내가 가지마
너무 커서 손아귀로 움켜잡지 못한 것들
너무 작아 육신의 눈으로는
볼 수 없었던 것들
이제는 바람 재워 내가 기르마

세상의 크고 작은 모든 책들과
한 줌 내 머리칼을
캄캄한 무쇠 속에 불 지르고
나는 창자를 비워버렸다
너희들이 그토록 즐기는 고기와 떡을
이제 마음은
입이 없어 먹지 못한다

이제 나는
너희들이 디럽게 내이비린 오물을
다툼 없이 홀로 차지한다
오물의 감추인 뼈와 씨앗을

그 맑은 하늘과 흰 구름을
대지의 더운 입김으로 껴안는다

마음아, 무량한 마음아
너는 언제나
이 세상의 가장 더러운 거름이 되어
늘 푸른 만민의 허공으로 눈 떠 있어라.

포탄과 종소리

　나는 열일곱 살이 되던 소년 시절 한 해를 서해의 하荷섬이라는 아주 작은 섬에서 보냈습니다.

　변산반도 마포나루에서 바로 건너다보이는 섬인데 그 이름처럼 연꽃 한 송이가 푸른 바다에 떠 있는 형상입니다. 멀리서 보면 수평선에서부터 켜켜이 주름지며 달려온 물이랑들이 차례로 한 송이의 연꽃 가장자리를 안타까이 어루만지고 어루만지곤 하다가 하릴없이 돌아가는 그런 모습이었습니다.

　이 섬은 원불교의 요양원이나 수도원 비슷한 그런 곳입니다. 섬의 한가운데쯤에 있는 본채에서는 스님 한 분이 늙은 보살님 한 분과 그리고 또 한 명의 좀 젊은 보살님과 함께 거처하였고, 섬의 동쪽 기슭에는 서로 외떨어진 두 채의 작은 초가집이 있었는데 나는 그 중 하나를 차지하고 살았습니다. 나머지 한 채의 집은 스님이나 도인 같은 분들이 잠시 잠시 머물다 가는 집으로 평소에는 늘 비어 있었습니다.

　그러니까 밭일이 있을 때 더러 마포 마을에서 건너와 거들어 주는 아주 수더분한 떠꺼머리 총각을 제외한다면 섬에서 상주하는 사람은 나를 포함하여 단 네 명뿐이었던 셈입니다.

  나는 특별히 무슨 할 일이 있어서 거기 있었던 것이 아니었기 때문에 내 생활은 참으로 단조롭고 막막하고 무료하기 짝이 없었습니다.

  낮에는 쪽마루에 앉아서 마당가의 대숲에 부는 바람 소리를 오래오래 무심히 듣고 있거나, 서걱이는 댓잎 사이사이로 잘게 부서진 거울 조각처럼 햇빛에 반짝이는 바다를 넋놓고 바라보거나, 아니면 섬의 북쪽 끝에 있는 낭떠러지 위에 앉아서 아득한 수평선과 창망한 바다를 하염없이 바라보았습니다. 그러다가 해가 기울면 섬의 서쪽에 있는 소나무 숲에서 서러운 울음처럼 하늘을 붉게 물들이는 노을을 어두워질 때까지 바라보거나 하는 일들이 하루의 일과처럼 되었습니다.

  그리고 밤이 되면 석유 등잔불을 밝히고 책을 읽었습니다. 손에 잡히는 대로 참으로 많은 책들을 읽었습니다. 순전히 막막한 무료감을 달래기 위해서 책을 읽었던 것이므로 그 내용과 뜻이 이해가 되고 안 되고는 아무 문제가 되지 않았습니다. 만일 무엇을 알고자 하거나 글의 뜻을 새기며 읽었다면 그렇게 많은 책을 읽을 수는 없었을 것입니다. 그야말로 책도 무심히 읽었다고 해야 옳을 듯합니다.

　하루 세 끼 공양은 본채에서 했기 때문에 내 집에서 본채까지 가는 완만한 고갯 마루 길을 늘 정해진 시간에 세 번씩 넘어 다녀야 했습니다. 숲길을 벗어나면 고개 등성이부터는 양편으로 꽤 넓은 밭들입니다. 봄이면 이 등성이 일대는 푸른 보리밭이 되었고 가을에는 키가 큰 수수밭이 되었습니다. 봄 가을 밤마다 이 보리밭과 수수밭 위로 뜨고 지는 달을 참 많이도 보았습니다. 보리밭이나 수수밭 위로 보는 달은 둥근 달보다는 초승달이나 조각달이 참으로 아름답고 인상적입니다. 아마 초승달이나 조각달이 주는 그 처연한 청량감 때문일 것입니다.

　초승달도 없는 칠흑 같은 밤에 이 등성이를 넘다 보면 더러 섬찟한 무섬증이 들곤 했는데 그때마다 나는 스님이 일러준 대로, 천지여아동일체天地與我同一體 아여천지동심정我與天地同心正—천지와 내가 한 몸이요 나와 천지가 한 마음일세— 을 외우곤 했습니다. 그러면 신통하게도 무슨 비주秘呪의 효력처럼 무섬증이 가시는 것이었습니다. 나는 이후로 무섬증이 없어진 뒤에도 마치 염불하듯이 자주 이 구절을 외웠는데 나중에는 아주 입에 붙어버려서 아무 때나 무심코 이 구절을 중얼거리게끔 되었습니다.

그래서 그랬던 것일까요.

본채에서 하루 세 끼 공양 시간을 알리는 종소리가 울리는데 언제부터인지 이 종소리가 〈천지여아동일체 아여천지동심정〉을 음송하는 듯이 들렸습니다. 천지여아동일체 아여천지동심정. 그러니까 이 종소리는 그 비주와 같은 구절의 뜻에 밥 먹어라 밥 먹어라 하는 또 다른 속뜻을 함축시켰던 것입니다.

그런데 이와 같은 종소리를 내는 종은 처음부터 정상적인 종으로 주조된 것이 아니었습니다. 그것은 육이오 전란의 유물임이 분명한 커다란 포탄 껍데기였던 것입니다. 이 속이 빈 포탄을 마당가의 대추나무에 걸어 놓고 하루 세 번씩 종소리를 울린 것입니다. 이 포탄이 얼마나 많은 파괴와 살상을 했는지는 알 수 없지만 이제 분명한 것은 그 죽음의 포탄이 지금은 생명의 종소리로 바뀌었다는 사실입니다.

오랜 세월이 흘렀지만 나는 지금도 어디서 종소리를

들으면, 천지와 내가 한 몸이요 나와 천지가 한 마음이
니 밥 먹어라 밥 먹어라 하는 그 포탄 종소리를 떠올리
곤 합니다.

그 한 송이 연꽃 같은 하섬에서는 지금도 대추나무에
포탄 종을 걸어 놓고 치고 있는지, 봄 가을에는 등성이
의 보리밭과 수수밭 위로 여전히 그 처연한 초승달이 뜨
고 지는지, 그 뒤로 그곳에 가 본 일이 없어서 나는 알
수가 없습니다.

이러매 내가 노래한다.

하나의 쇠붙이가 종과 포탄으로 나뉘어
한쪽에서는 폭음이 울리고
또 한쪽에서는 종소리가 울리네
흰 몸 흰 마음이 천지와 만물로 나뉘어
저저금 제 소리로 외치고 있네
대추나무에 포탄 종을 걸어 놓은 까닭은
이제는 포탄과 종이 하나가 되어
하늘 끝까지 땅 끝까지 울리라는 뜻이네

잘 익은 대추가 탕약 속에서
갖은 약재를 하나로 중화시켜
생명을 살려내고 북돋우듯이
대추나무 포탄 종을 울리라는 뜻이네
천지는 나의 밥이고
나는 또한 천지의 밥이니
쉼 없이 생육하고 생육하라는 뜻이네

푸른 바다의 천 이랑 만 이랑 물결들이
안타까이 어루만지다가 돌아가는
작은 연꽃 섬에서는
봄 가을 날마다
대추나무의 포탄 종을 울렸었네.

매사니와 게사니

　도대체 꿈이 아니고서야 세상에 어떻게 이런 일이 일어날 수 있단 말인가. 그러나 분명 꿈은 아니었다. 꿈이기는커녕 멀쩡하게 시퍼런 눈을 뜨고서 목숨이 왔다 갔다 하는 것을 보고 있는 판이었다.

　사람들은 너나없이 모두가 넋이 빠진 채 그저 하루하루가 무사히 지나가기만을 기다릴 밖에는 별 뾰족한 대책이 있을 수 없었다. 정부로서도 매일 국가안보회의를 열어 대책을 숙의하고 뻔히 말도 안 되는 짓인 줄을 알면서도 믿는 구석은 그것밖에는 없는지라 무장한 군대까지 출동시키면서 갖은 부산을 다 떨어 보았지만 그 가공할 게사니떼의 횡포 앞에서는 그런 것들이 모두 한갓 어린애의 부질없는 장난일 뿐이었다.

　이 황당하고 끔찍한 사태의 처음 시작은 자다가도 웃음이 국하고 터질 만큼 차라리 익살스럽고 신선한 느낌마저 안겨주는 그런 것이었다.

　최초의 희생자가 된 그 박 아무개라는 오십대 중반의 변호사는 그날따라 좀 겨운 시긴의 점심이있는데도 늘 가장 맛있게 먹던 도가니탕이 도무지 당기지 않는지 그저 맥없이 잔 수저질만 하였다. 먹는 둥 마는 둥 그렇게

싱겁게 점심을 끝내고 따사로운 오월의 햇살을 받으면
서 일행들과 함께 사무실을 향하여 걷고 있는 중이었다.
그때 갑자기 무엇에 놀랐는지 일행 중 하나가 잔뜩 겁에
질린 목소리로 말을 더듬었다.
" 어? 이거 …… 박변호사 …… 다,당신 그림자가 없
어 ……"
이 외침이 그 무서운 재앙을 알리는 신호였음을 아는
사람은 그 당시에 아무도 있을 리 만무한 일이었고 또
그 뚱딴지같은 말이 구체적으로 무엇을 뜻하는 것인지
알아차리기까지는 잠시 어리둥절할 시간이 필요했다.
겨우 말뜻을 낚아 채고서야 화들짝 놀란 일행들은 서로
자신과 동료들의 그림자를 몇 번이고 확인한 뒤에야 그
림자가 없어진 박변호사의 모습을 얼빠진 표정으로 바
라보았다. 아무리 이리저리 돌려놓고 보아도 있어야 할
그의 그림자는 보이지 않았다.
그림자 없는 사내의 이야기는 삽시간에 장안의 화제가
되었고 그는 금방 유명해졌다. 그러나 병원에서 정밀검
사를 수없이 해 보고 저명한 과학자들이 모여서 온갖 검
사와 실험을 다 해 보았지만 그림자가 없어진 원인이 밝

혀지기는커녕 점점 더 혼란스러운 미궁에 빠져버린 나머지 이제는 모두가 제 자신의 정신이 혹 어떻게 잘못된 것은 아닌가 하고 의심하는 지경이 되어버렸다. 그림자가 없어졌다는 것이 물질 현상인지 정신 현상인지, 또는 물리적 현상인지 생물학적 현상인지, 아니면 사회학적 현상인지 신학적 현상인지 도무지 갈피를 잡을 수 없었고 생각할수록 그것은 애초부터 있을 수도 없는 일이요 웃기는 일로만 여겨졌다.

다만 당사자인 박 변호사한테 일어난 몇 가지 특이한 변화가 계속 주목되었다. 그에게 일어난 가장 뚜렷한 변화는, 첫째, 의학적 소견으로는 아무 이상이 없는데도 예전의 왕성한 식욕이 사라지고 겨우 연명할 정도의 극히 적은 음식물을 섭취하는 것으로 만족한다는 점, 둘째, 사물과 현상에 대한 변별력뿐만 아니라 그에 따르는 호오의 판단력이 매우 흐려졌다는 점, 셋째, 좀 천치 같은 표정으로 무엇에나 잘 웃고 무사태평하지만 결코 아무 일에도 흥미와 의욕을 느끼지 않는 심각한 무기력증에 빠져있다는 점 등이었다. 당연한 결과지만 그는 이미 다시는 정상적인 사회생활을 할 수 없는 상태가 되어 있었다.

　어쨌든 그림자 없는 사내의 이야기는 지루하고 답답하고 눅눅하기만 하던 일상에 한 줄기 청량한 바람이 되어 한동안 사람들을 유쾌하게 만들었다. 그러나 그것도 잠시였을 뿐 한 지방도시에서 젊은이 하나가 역시 박 변호사와 똑같은 증상으로 그림자가 없어졌다는 사실이 요란하게 보도되자 이제 사람들은 모두 어떤 불길한 예감에 휩싸이면서 말소리를 낮추기 시작했다. 처음에는 그런 황당한 이야기를 무슨 귀신이 트림하는 소리쯤으로 여기던 치들까지도 막상 일이 이렇게 되자 하루에도 몇 번씩 제 그림자를 챙겨보게 되었고 누구나 사람을 만나게 되면 우선 서로의 그림자부터 몰래 훔쳐보는 버릇들이 생기게 되어버렸다.

　사태는 여기서 그치지 않았다. 사람들의 불길한 예감이 깊어지고 확산되는 속도에 맞추기라도 하려는 듯이 얼마 뒤부터는 거의 매일이다시피 그림자 없는 사람들이 여기저기서 나타나기 시작했다. 어린이만 빼놓고는 남녀와 직업과 연령을 가리지 않고 그 말도 안 되는 재앙의 희생자가 되었다.

　그러나 정작 온통 나라가 지푸라기 하나 잡을 수 없는 공포의 늪 속으로 빠져들게 되고 인심이 수심이 되어 흉흉해지기 시작한 것은 임자 없는 그림자들이 이곳저곳에서 떼로 몰려다닌다는 소문과 보도가 있고서부터였다. 그리고 이러한 소문과 보도는 누구나 두 눈을 번히 뜨고 확인할 수 있도록 곧바로 현실이 되어 나타났다.

　그림자들은 철모르는 어린애를 빼놓고는 닥치는 대로 사람을 죽이고 다녔다. 그림자가 죽인 시체는 아무 상처도 없이 말짱하였는데 다만 한 방울의 피도 남기지 않고 빨린 채 종잇장처럼 하얗게 말라 있었다. 참으로 끔찍한 모습이었다. 피해자의 시체는 곳곳에 즐비하였다.

　그러나 사람들은 공포에 떨면서도 도시 어떻게 해볼 도리가 없었다. 그림자를 죽일 수도 없었고 막을 수도 없었다. 그것들은 아무리 높은 장애물도 타고 넘었고 바늘구멍만한 틈이라도 있으면 얼마든지 스며들었다. 아니 그것들은 무엇이든 닥치는 대로 파괴할 수 있는 힘을 가지고 있었다. 멀쩡하던 아파드나 건물을 무너뜨렸고 교량들을 폭삭 가라앉게 하였고 때로는 열차를 전복시키기도 했다. 뿐만 아니라 울창하던 산을 눈 깜짝할 사이에 무너뜨려 벌건 속살을 드러내게 하였다.

　누가 처음에 그렇게 부르기 시작했는지 또 그것이 무슨 뜻인지도 모르는 채 사람들은 언제부터인지 그림자 없는 사람을 매사니라고 부르고 임자 없는 그림자를 게사니라고 부르고 있었다. 어느덧 세상은 온통 게사니떼의 뜨더귀판이 되어 있었다.

　이런 와중에서도 게사니에 대한 몇 가지 특이한 점이 발견되었다. 게사니떼가 휩쓸고 지나간 곳에는 예외 없이 단맛을 내는 음식물이 흔적도 없이 사라지는 것으로 보아서 매우 단것을 좋아한다는 점, 매사니들은 얼마 살지 못하고 힘없이 죽어갔는데 그에 따라서 게사니도 하나씩 사라진다는 점, 그리고 이것이 사람들에게는 가장 복음처럼 생각된 것인데, 게사니는 철없는 어린애를 무서워하여 가까이 접근하지 못한다는 점 등이 그것들이었다.

　그래서 사람들은 단맛이 나는 것은 무엇이든지 멀리 내다 버리고 소태같이 쓰디쓴 음식만을 먹기 시작했고 나들이를 할 때나 집에 있을 때나 어린애와 함께 생활하기 시작했다. 그러나 철없는 어린애의 숫자는 한정되어

있는 데다가 그렇다고 갑자기 낳을 수도 없는 일이어서
어린애 때문에 곳곳에서 웃지 못할 싸움과 반목만 늘어
날 뿐 애초부터 근본적인 해결책은 될 수가 없었다.

새로운 매사니와 게사니는 기하급수적으로 불어나는
데 반하여 그것들이 사라지는 속도는 몹시 더디었다. 정
부로서도 이제는 그것이 전염병이 아닌 줄 알면서도 매
사니를 일정한 장소에 수용하여 관리하는 것이 고작일
뿐 속수무책이었다. 사람들은 악몽을 꾸고 있는 것이라
고 억지로 믿음으로써 잠시나마 거짓 위안이라도 얻는
수밖에는 달리 도리가 없게 되었다.

그러자 이때를 타서 매사니와 게사니의 무서운 재액을
없앤다는 무슨 다라니 주문 같은 노래 하나가 출처도 없
이 흘러나와서 유행하기 시작했다.

신이 신이
바다에서 태어난 산아
바다의 얼굴로 나와서 춤을 추어라
바다야 바다야
산에서 태어난 바다야

산의 얼굴로 나와서 춤을 추어라
끝없는 춤이 불꽃이 되어
다시 산을 만들지라도
끝없는 춤이 물보라 되어
다시 바다를 만들지라도
쉬지 말고 도래춤을 추어라
도래춤을 추어라

이 밑도끝도 없는 노래는 삽시간에 퍼져서 너도나도 뜻도 모르고 밤낮없이 외우고 다녔지만 결코 재앙이 줄어드는 것 같지는 않았다.

그러자 이번에는 더욱 큰 소동이 벌어지기 시작했는데 누가 발견했는지 게사니떼가 가장 무서워하는 것은 흰 토끼라는 소문 때문이었다. 그 소문이 어느 정도 사실로 입증되자 사람들은 서로 먼저 흰 토끼를 구하기 위해서 앞뒤 가리지 않고 정신없이 뛰기 시작했고 갑자기 토끼 값도 천정부지로 뛰기 시작했다. 이 바람에 겨우 명맥만 유지하던 식육용 토끼 사육업자들과 모피용으로 친칠라, 앙고라 등을 기르던 소수의 업자들은 하루아침에 벼락부자가 되었다. 급기야는 병원에서 실험용으로 기르던 토끼마저 동이 나게 되자 미처 구하지 못한 사람들은 봉제 토끼라도 사기 위해서 거리를 쓸고 다니며 야단법석을 떨어야 했다.

이제 바야흐로 세상은 토끼의 천국이 되는 듯싶었다.

가는 곳마다 토끼똥 냄새가 코를 찔렀고 집집마다 그 성
질 급한 토끼를 탈없이 키우느라고 사람들은 그야말로
눈물겹고 웃지 못할 온갖 정성을 다 바쳤다. 그러나 그
것도 앞문은 열어놓고 뒷문만 닫아 거는 격으로 게사니
의 횡포는 피할 수 있어도 스스로 매사니가 되는 것은
끝내 막을 수 없는 노릇이었다.
　나달은 쉬임없이 바뀌는데 절망적인 탄식은 한가지로
높아갔다. 어쩌다가 매사니와 게사니는 헤어지게 되었
는가. 어쩌다가 게사니는 제 어미와 자신까지 죽이게 되
었는가.

　이러매 내가 노래한다.

　　　소금기 눈부신 햇살을 거두고
　　　날이 저문다
　　　젖빛 낮은 목소리로
　　　하늘에는 구구구 모이도 흩뿌리며
　　　밤이 맨가슴 품을 열자
　　　비로소 참나무는 참나무 속으로
　　　옻나무는 옻나무 속으로 어두워져
　　　문득 잊은 새를 깨운다
　　　멀고 먼 돌 속에서
　　　속눈썹 사이로 날아오는 흰 새

그러나 밤이 깊어도 사람들은
해묵은 누더기를 펄럭이며
길가를 떠돈다
빈 마을은 집집마다
마른 개들이 도둑을 지키고
이슬도 젖지 않는 길에 쓰러져
설핏 잠든 사람들은
바람에 헝클린 겹겹의 지평선을
목에 감은 채
밤새 날개짓하는 꿈을 꾼다

아침이 되면
감싸고 감싸이는 꽃잎의 중심
그 돌 속에서
온갖 물생物生들은 다시 태어나지만
그러나 보라
돌 밖 에움길의 어지러운 발자국 속에
휴지처럼 구겨진 깃털과 함께
사람들은 늘 시체로 남는다.

거울 속 모래나라

혼이여
사다리는 올라가는 것만도 아니고 내려가는 것만도 아니다.
그것은 미로迷路의 다리, 한 가지로 오르내리는 것이다.

그가 거울 속으로 들어오게 된 것은 순식간에 벌어진 일이었다.

몇 달째 끝을 맺지 못하고 고심하고 있던 「언어와 인식의 형상으로서의 세계」라는 논문에 매달려 있다가 잠시 생각의 실마리를 풀기 위해서 그는 방안을 이리저리 서성거렸다. 그러다가 벽에 걸려있는 거울 앞에 멈추어 서서 찬찬히 자신의 모습을 바라보았다.

거울에 비친 자신의 모습이 마치 처음 보는 사람처럼 생소하다고 느끼고 있는데 그 때 갑자기 수천 마리의 불개미떼가 뇌수를 파먹기라도 하는 듯 참을 수 없는 두통이 몰려왔다. 그는 두 손으로 머리를 감싸쥔 채 비틀거리며 거울에 이마를 기대려고 상반신을 숙였다. 그런데 아무런 물체의 저항도 받지 않고 머리통과 상반신이 그만 앞으로 쑥 들어가는 것이있다. 그 바람에 넘어지지 않으려고 급히 한 두 걸음을 내어 딛으면서 눈을 떠 보니 거울 속이있다.

그는 아주 놀라고 어리둥절한 표정이 되어 가지고 큰 눈을 껌벅이면서 몇 번이나 주위를 황당하게 둘러보았다.

저쪽은 낮이었는데 이쪽은 밤이었다.

누가 켜놓은 채 잊어버렸는지 형광등이 실내를 밝게 비치고 있었다. 한 쪽 벽면에 예닐곱 개의 거울이 나란히 붙어 있는데 그 중 맨 왼쪽에 붙어있는 거울 속에는 자신의 모습이 비치는 대신에 자기가 방금 빠져나온 그의 빈 방이 환히 들여다보였다.

거울이 붙어있는 쪽의 맞은편에는 나무로 된 옷장들이 벽면을 꽉 채우고 있었다. 거울마다 조명기구가 설치되어 있고 거울 앞의 화장대 위에 가지런히 놓여있는 가발과 분장용구들로 보아서 분명히 극장의 분장실인 듯했다.

그는 당혹스러움과 호기심이 뒤섞인 얼굴을 하고 거울들을 하나씩 차례로 살펴보았다. 거울마다 얼빠진 듯이 큰 눈을 껌벅이는 한 사내의 얼굴이 하나씩 차례로 나타났다. 맨 왼쪽의 거울 앞에 다시 섰을 때 그는 흠칫 놀라면서 뒷걸음질을 쳤다. 거울 속에는 처음에 보았던 것처럼 여전히 자신의 얼굴이 비치는 대신 자기가 빠져나온 빈 방만 환히 보였다.

그는 아주 신중하게 거울을 손바닥으로 구석구석 쓸어

보았다. 유리의 싸늘한 감촉이 손끝을 타고 심장으로 전해졌다. 거울이 붙어있는 벽을 여기저기 몇 번이고 주먹으로 두드려 보았다. 아주 견고한 콘크리트 벽이었다.

규모가 작은 소극장이었다. 분장실이나 무대나 객석이나 모두가 먼지 하나 없이 아주 말끔하게 정돈되어 있었는데 이상하게도 바닥은 어디나 할 것 없이 발자국이 남을 정도로 깨끗한 모래가 수북히 덮여 있었다.

그는 몇 번이고 분장실로 가서 거울 속의 자신의 방을 확인한 다음에 다시 그 거울 뒷쪽의 무대로 나와서 두리번거리며 벽을 두드려 보고는 했다. 아무리 살펴보아도 다시 빠져나갈 길이 보이지 않았다. 이게 도대체 어찌된 영문인가. 분명히 꿈을 꾸고 있는 것은 아니었다.

그는 아주 지치고 낙담한 표정이 되어 느릿느릿 복도로 통하는 문을 열고 나갔다. 창문으로 대낮처럼 밝은 불빛과 거리의 소음이 한꺼번에 쏟아져 들어왔다. 창문 곁으로 다가가서 밖을 내려다 보았다.

아주 낯설고 이상한 도시가 거기 있었다.

상가의 간판들에 씌어진 글씨는 생전 처음 보는 기호들이었는데 그것은 글씨라기보다 무수한 기하학적 도형들의 나열이거나 조합처럼 보였다. 글씨만 그런 것이 아니었다. 건물들도 장식과 요철이 극도로 생략된 형식이어서 하나같이 잘 다듬어진 평면들을 이리저리 조합해 놓은 듯한 느낌을 주었다. 거리를 오가는 사람들은 기묘하게도 모두 위와 아래가 같은 색깔인 단색의 옷을 입고 있었다. 한참 동안이나 관찰해 보아도 그런 행색에서 예외인 사람은 단 한 사람도 보이지 않았다.

그리고 무엇보다 인상적인 것은 건물이나 거리나 물로 씻어 놓은 듯이 깨끗하다는 점이었다. 그래서 그런지 자동차의 행렬이나 통행인파가 꽤 붐비는 편이었는데도 도시의 인상은 아주 정갈하고 질서정연해 보였다. 그러나 정갈하고 정연해 보이는 만큼 그것은 또한 기묘하게도 전체적으로는 어쩐지 공허하다는 느낌을 주고 있었다.

그는 넋을 놓고 거리의 풍경을 바라보다가 아래 층에서 들려오는 문을 여닫는 소리에 화들짝 놀라서 주위를 둘러보았다. 복도의 끝에 아래 층으로 내려가는 층계가 보였다. 그는 본능적으로 황급히 극장 안으로 뛰어 들어가서 눈에 잘 띄지 않을 만한 구석에 잔뜩 웅크리고 몸을 숨겼다.

한참을 기다려도 층계를 올라오는 발자국 소리가 들리지 않자 그는 복도로 다시 나와 벽에 몸을 붙이고 살금살금 층계 쪽을 향하여 조심스럽게 걸어갔다. 좀 어둑한 층계를 따라서 내려가 보니 밖으로 나가는 입구의 커다란 문은 잠겨 있는데 입구와 벽면 사이에 임시로 달아놓은 듯 허리를 굽히고 드나들 만한 쪽문이 하나 보였다. 그 쪽문에 귀를 대고 잠시 동정을 살피고 나서 그는 조심스럽게 문을 열었다. 다행히 문은 소리도 없이 쉽게 열렸다.

작은 창고였다.

창고에서 밖으로 드나드는 문도 역시 임시로 대강 달아놓은 듯 틈새가 여기저기 크게 벌어져 있어서 밝은 형광불빛과 함께 사람들이 웅성거리는 소리가 새어들었다.

그는 엉거주춤하니 서서 틈새에 눈을 내고 밖을 살펴보았다. 입구의 커다란 문은 건물 내부의 현관으로 통하는 듯했고 그가 눈을 주고 있는 문은 그 건물 내부의 슈우퍼마아킷으로 통해 있었다. 거리를 오가던 사람들처럼 위 아래가 같은 단색의 옷을 입은 사람들이 물건을 고르면서 이상한 소리를 내었다.

「ㅂㅅㅅㅅㅈㄹㄹㅊ」

「ㅋㅋㄹㄹㄹㅌㅌㅌ」

그는 온 몸에 소름이 돋아나는 것을 느끼면서 얼른 뒤로 물러섰다. 그것은 말이라기보다 차라리 쇠붙이를 긁어대는 소리이거나 무슨 물건들이 서로 부딪치는 소리에 가까왔다. 자음들만 연결되는 듯한 그 해괴한 말소리들이 멀리서 가까이서 서로 뒤섞이면서 계속 들려왔다.

그는 넋나간 사람처럼 한참이나 멍청하게 서있다가는 다시 주춤주춤 문의 틈새로 다가가 눈을 주었다. 여전히 물건을 사며 분주히 사람들이 오갔다. 옷차림새나 그 이상한 말소리만 아니라면 자기와 하나도 다를 바 없는 보통사람들임에 틀림없었다.

그런데 계속 관찰하는 동안 그는 문득 아까부터 무엇인가 이상한 느낌이 마음 속을 떠돌고는 있는데 그것이 무엇인지 도무지 분명하게 잡히지 않아서 저도 모르게 조바심치고 있다는 걸 깨달았다.

그게 무얼까. 그는 한 사람 한 사람 주의깊게 살펴보면서 그 이상한 느낌이 어디서 오는지 알아내려고 애를 태웠다. 그러다가 그는 흠칫 놀랐다.

바로 그거였다. 쌍둥이처럼 똑같은 사람들이 많았던 것이다. 그러나 분명 쌍둥이는 아닐 것이다. 쌍둥이가 그렇게 많을 리도 없거니와 서너 사람씩 한 쌍둥이가 되어서 그렇게나 많이 나다닌다는 것은 아무래도 상상할 수 없는 일이었다.

그는 온통 공포에 질린 얼굴을 하고 부들부들 떨면서 창고를 빠져나왔다.

2층의 분장실을 향하여 거의 기다시피 작게 움츠리고 걸어가면서 그는 바싹 마른 입술을 달싹이며 연신 중얼거렸다.……저것들은 사람이 아니다……분명 사람의 탈을 뒤집어 쓴……이매망량같은 헛것들임에 틀림없다……저 헛것들한테 일단 잡히면 그것으로 모든 것은 끝장이다……한 시 바삐 이 곳을 빠져나가야 한다……그렇지 않으면 저것들이 내 피냄새를 맡고……저것들한테 곧 붙잡히면……모조리 피를 빨리고 죽고 말 것이다……그는 마치 열병을 앓는 사람처럼 간간히 입속으로 무슨 말을 웅얼거리면서 하얗게 질린 채 이를 덜덜 마주쳤다.

분장실로 들어가 몇 번이고 문이 잠겨졌는지 확인하고

서야 그는 맨 왼쪽의 거울 앞으로 다시 다가갔다. 자신의 빈 방이 거기 그대로 있었다. 창문으로부터 밝은 햇볕이 따사롭게 비치고 있는 책상 위에는 조금 전까지 자신이 읽었던 책들이 여기저기 흩어져 있고 컴퓨터는 켜진 채로 커서가 계속 깜박였다. 아침에 자고 일어나 대충 둘둘 말아서 한 쪽에 밀쳐둔 이불 위에는 출근한 아내의 잠옷이 구겨진 채로 버려져 있었다.

그는 극도의 무섬증과 조급한 마음으로 한참이나 안절부절하다가 문득 무슨 생각을 떠올렸는지 가늘게 떨리는 두 손을 앞으로 내뻗었다. 그리고 화장대 위에 흩어져 있는 모래 알갱이들을 손바닥으로 쓸어내고서 조심스럽게 두 손으로 머리를 감싸쥔 채 눈을 감으며 상반신을 숙여 머리를 거울에 디밀었다. 차갑고 딱딱한 유리가 완강히 그의 이마를 막았다.

그는 울 듯이 온통 일그러진 얼굴을 하고 머리를 몇 번이나 세차게 거울에 짓찧었다. 그리고는 발작하듯 의자를 머리 위로 들어올려 거울을 두어 번 힘껏 내리쳤다. 그러나 거울이 깨지기는 커녕 먼지 하나 앉지 않은 말짱한 유리 표면이 더욱 차갑게 빛날 뿐이었다.

그는 아주 칙칙하게 얽혀져 있는 덤불숲 뒤에 몸을 숨기고서 이 이상한 나라의 헛것들이 해괴하고도 끔찍한 장례식을 치르고 나서 여기저기 수없이 흩어져 있는 모래무덤들을 돌아 멀리 사라지는 것을 숨을 죽인 채 지켜보았다.

거울 속으로 들어온 첫날 할 수 없이 어두운 밤에 기대어서 무작정 극장 밖으로 빠져나왔다가 채 몇 걸음 걷기도 전에 그는 헛것들한테 발각되어 무섭게 쫓기기 시작했다. 헛것들은 그한테서 풍겨나오는 냄새에 아주 민감한 듯했다. 알고보니 이 나라는 냄새가 없었다. 혼비백산하여 정신없이 쫓기다가 간신히 어느 하수구 속으로 기어들어가 몸을 숨겼는데 그곳에서도 역시 아무 냄새가 나지 않았다. 겨우 하수도를 통해 도심을 벗어나 이 산 속으로 숨어 들어와서 밤낮이 여러번 바뀌었지만 그는 자신의 냄새 때문에 그것들한테 붙잡힐 것만 같아서 다시 거울이 있는 극장으로 돌아갈 엄두를 내지 못하고 있었다.

헛것들이 모래무덤 뒤로 완전히 사라진 것을 확인하고

나서야 그는 급히 몸을 일으키고 팔다리와 옷에 여기저기 엉겨붙어 있는 모래알들을 무슨 징그러운 벌레나 되는 듯이 황급히 털어내었다.

장례를 치르면서 헛것들은 끊임없이 모래알이 부실부실 떨어지는 듯한, 처음에 슈퍼마킷으로부터 새어나오던 그 이상한 말소리를 내었다. 스무 남은 명쯤이나 되어 보이는 헛것들은 두 명씩 짝을 지어 줄을 선 채 질서정연하게 움직였다. 하나가 무어라고 주문 외듯 선창하면 나머지가 그대로 따라 하면서 지루하게 관 주위를 원을 그리며 돌았다.

그것들은 언제나 앞으로만 걸었다. 한 발짝 뒤로 물러서는 경우에도 그것들은 반드시 일단 뒤로 돌아서 앞으로 걸었다. 마치 정교하게 만들어 놓은 장난감들이 보이지 않는 곳에서 조종하는 대로 움직이고 있는 것같이 보였다.

드디어 절차를 다 마쳤는지 관을 열고 무엇을 쏟아 붓는데 자세히 보니까 그것은 온통 모래였다. 모래는 헛것들의 시체였던 것이다. 어디서나 모래가 서걱거리고 곳곳에 모래 무더기들이 끝없이 쌓여 있더니만 그것들이 모두 저 헛것들의 시체였다니 생각만 해도 끔찍했다.

이 산 속에 숨어서 며칠을 보내면서 갈증과 굶주림을 참다 못해 눈에 보이는 대로 열매나 꽃이나 풀잎이나 무엇이건 먹을 만한 것은 입으로 씹어도 보고 손으로 짓이겨도 보았었다. 그런데 놀랍게도 번번히 그것들이 마술처럼 그만 모래로 변해버리는 것을 보고 모골이 송연했었는데 이제서야 모든 것이 대강 짐작되었다. 산이고 들이고 눈에 보이는 모든 것들은 한낱 모래의 신기루에 불과한 모래나라였다. 그것뿐이 아니었다. 여러 번 속은 일이지만 작은 계곡의 흐르는 물도 다가가서 움켜쥐어 보면 마치 영상처럼 흐르는 환영일 뿐이었다.

그는 갈증과 굶주림과 공포에 시달리고 지친 나머지 아주 파리하게 쪼그라진 모습이 되어서 주위의 모래무덤들을 둘러보았다. 그리고 이따금 치를 떨면서 생각난 듯이 몇 번이나 옷을 털어내고는 했다.

그가 움직일 때마다 발 밑에서는 사르륵 사르륵 하고 모래 밟히는 소리가 났다. 그때마다 그는 온 몸에 모래알이 들어붙은 듯한 소름에 진저리를 치면서 어서 빨리 이 끔찍한 곳을 벗어나야 한다고 되뇌었다. 헛것들의 통행이 뜸해지는 한 밤중을 기다렸다가 지난번 이 산 속으로 잠입했던 것처럼 하수도를 통해서 그 극장으로 접근하면 될 것이다. 어떻게 하든지 오늘 밤 안으로 극장에 들어가서 이 곳을 빠져나갈 방도를 찾아야만 한다. 그 거울을 통해서 이 곳으로 왔으니까 다시 저 세계로 나갈 수 있는 길도 그 거울 밖에는 없다. 저 세계로 나갈 수 있는 유일한 통로는 오직 거울뿐이다. 거울뿐이다.

그는 골똘한 생각으로 초점이 흐려진 눈을 들고 멀리서부터 점점 짙어지는 땅거미가 마치 엄청난 개미떼가 습격해 오듯이 모래무덤들을 타넘고 다가오는 것을 멍하니 바라보았다.

극장 안의 어둠에 눈이 익어지기를 기다리면서 그는 벽에 바싹 붙어 쭈그리고 앉은 채 한참이나 주위의 동정을 살폈다. 고루고 있는 자신의 숨소리가 마치 바로 옆에 있는 다른 사람의 것으로만 들려서 그는 몇 번이나 숨을 죽이고 신경을 곤두세워야만 했다.

분장실로 들어가서 불을 켠 다음 불빛이 혹시나 문틈으로 새어나가지나 않는지 조심스럽게 확인하고 나서야 그는 가까스로 안도감에 젖어서 문에 등을 기대고 실내를 살폈다. 그동안 아무도 들어온 일이 없었던 듯 실내는 달라진 것이 없었다.

그는 천천히 거울 앞으로 다가갔다. 거울 속에는 아주 낯선 한 타인이 놀라서 흡뜬 눈을 하고 이 쪽을 빤히 바라보았다. 그는 거울 속의 사내를 관찰하며 얼굴을 이리저리 찡그려 보고 이빨을 드러내 보기도 하면서 표정을 바꾸었다.

저 시체같은 몰골이 바로 내 모습이었다는 말인가. 도무지 믿어지지가 않았다. 저 타인이 정녕 나란 말인가. 아니라면 나는 도대체 어디에 있단 말인가. 애초에 나라고 하는 것은 텅 빈 투명한 껍질에 불과하고 그 투명한 껍질 속에는 저렇게 생면부지의 타인들이 살고 있었다는 말인가. 그는 신음소리를 내면서 몇 번이나 머리를 세차게 흔들었다.

맨 왼쪽의 거울 앞에 섰을 때 그는 다시 한 번 화들싹 놀라면서 뒤로 물러났다. 혹시 잘못 본 것은 아닌지 몇 번이나 눈을 감았다가 크게 뜨면서 거울 속을 들여다보다가 그는 온통 얼굴을 일그러뜨렸다. 그리고는 부들부들 몸을 떨기 시작했다.

거울 속의 자기 방에서는 벌건 대낮에 아내가 생전 처음 보는 어떤 사내놈하고 한참 그 짓을 하고 있는 중이었다. 땀으로 번들거리는 알몸뚱이들이 서로 엉겨붙은 채 꿈틀대면서 바로 코 앞에서 요기를 내뿜었다. 년놈들이 내지르는 숨가쁜 소리가 생생하게 들리는 듯했다.

난데없이 귓속에서 모기떼가 앵앵거리는 듯한 소리가 점차 커진다고 느끼는 아찔한 순간 그는 거울을 향하여 온 몸으로 돌진했다. 쿵하는 소리가 실내를 흔들고 그는 맥없이 분장실 바닥으로 나둥그러졌다. 덫에 걸린 짐승이 울부짖는 듯한 깊고 음울한 신음소리를 토해 내면서 그는 몇 번이고 그 무용하고 무모한 동작을 반복하면서 바닥으로 나둥그러졌다.

이윽고 그는 힘이 빠지고 지친 모습이 되어서 물끄러미 거울 속을 바라보았다. 개같은 년놈들은 아주 날을 받아 뿌리를 뽑기로 작정했는지 지친 기색도 없이 질기게 그 짓을 계속하고 있었다. 문득 그의 말라서 터진 입술 위로 희미하게 야릇한 미소가 번져갔다. 완전히 여유를 되찾은 듯 이제는 가끔 히죽거리기까지 하면서 그는 얼굴을 거울 앞으로 디밀고서 년놈들의 그 은밀한 짓거리를 천천히 즐기기 시작했다.

　간간히 고개까지 끄덕이면서 열중하던 시간이 얼마나 지났을까. 그가 망아지경의 몰입상태에서 화들짝 놀라 깨어난 것은 어디 멀리서 들려오는 무슨 물건 부딪치는 듯한 소리 때문이었다. 그는 정신이 들자마자 단걸음에 입구로 달려가서 불을 끄고 동정을 살폈다. 무슨 소리가 다시 슈퍼마킷으로부터인지 들려오는 듯했다. 그는 다급해졌다. 만일 헛것들이 이 곳으로 몰려 온다면 그때는 완전히 독안에 든 쥐새끼 꼴이 되고 말 것이다. 그것들이 닥치기 전에 먼저 여기를 벗어나야 한다. 털끝까지 예민하게 일어선 감각에 소름을 느끼면서 그는 급히 문을 열고 나갔다.

　극장을 뛰쳐나오자 그는 어두운 골목을 향하여 정신없이 달렸다.

「ㅂㅅㅅㅈㄹㄹㅈㄷㄷ」

「ㄲㄹㄹㅈㅈㄱㅣㅂㅓㅅㅅㅍㅍㄷ」

　등골이 오싹해지는 소리를 내지르면서 대여섯 명의 헛것들이 악귀처럼 그의 뒤를 쫓아왔다. 그러나 이미 눈여

겨 둔 터라 몇 갈래의 골목과 구비들을 그는 망서리지
않고 잽싸게 달리면서 겨우 그것들을 따돌릴 수 있었다.
　그것들이 내지르는 소리가 점차 멀어져 갔다. 가까스
로 안도의 한숨을 몰아 쉬면서 달리는 속도를 좀 늦추려
고 하는데 문득 앞에서 인기척이 들렸다. 웬 여자 하나
가 허겁지겁 이쪽으로 달려오고 있었다. 그가 순간적으
로 방향을 틀어 옆길로 도망치려고 하는데 어떤 강렬한
직감이 그를 멈칫하고 세웠다. 그 여자도 그를 보고 놀
라서 다시 뒤돌아서 도망치려다가 그와 마찬가지로 똑
같은 직감이 들었는지 막 이쪽을 돌아보고 있었다.
　「여보세요. 당신은……」
　「후유, 사람이군요. 지금 그것들한테 쫓겨서……」
　그 여자는 말을 채 끝맺지도 못하고 아주 반색하는 몸
짓으로 그에게 달려왔다. 더 이상 말해 볼 필요도 없이
그는 벌써 그 여자도 자기와 똑같은 신세라는 걸 알아챘
다.
　「미리 보아둔 하수구가 있으니 일단 거기로 피하고 봅
시다.」
　그는 급하게 말하면서 그 여자의 손을 잡고 달렸다.

하수도는 아주 안전한 피신처였다. 아무 냄새도 나지 않았고 흐르는 물도 환영일 뿐이어서 옷이 젖을 일도 없었다. 다만 바닥에 깔려있는 모래 위에 대책없이 주저앉아 있을 수밖에 없다는 점과 흐르는 물의 환영을 바로 코앞에 놓고 보면서 무서운 갈증에 시달릴 수밖에 없다는 점이 끔찍하고 고통스러웠다. 허기에 덮치는 한기를 이겨내기 위해서 그와 여자는 가능한 대로 온몸을 밀착시키고 서로의 체온을 아꼈다.

그는 아주 작은 소리로 여자에게 자기의 이름은 P이고 직업은 대학 강사라는 것, 책벌레로 살아와서 세상물정에 어두운 탓으로 아내가 맞벌이하여 겨우 생활하고 있다는 것, 결혼한 지 십삼 년을 넘기고 내일 모레 나이가 사십이 되는데도 아직 아이 하나 갖지 못했는데 아내와 자기 모두에게 문제가 있는 듯하다는 것, 거울을 바라보다가 이 끔찍한 곳에 떨어지게 되었으며 이 곳에서는 이러이러한 일들을 겪었다는 것 등을 마치 남의 먼 이야기나 하듯 조리있게 대충 들려주었다.

그는 이야기를 하는 동안 기묘하게도 자신의 말소리가

마치 모래알이 부실부실 떨어지는 듯한 저 헛것들의 말
소리와 흡사하다는 느낌 때문에 여러 번 가볍게 진저리
를 치면서 한참씩 말을 중단하고는 했다.

　여자도 느릿느릿하고 더듬는 듯한 언사로 자기의 이름
은 K이고 그와 같은 도시에서 살고 있다는 것, 책을 좋
아해서 십여 년이 넘게 서점을 경영하면서 살고 있다는
것, 자기도 아직 아기를 갖지 못했으며 앞으로도 어려울
듯하다는 것, 서점에서 거울을 바라보다가 이 곳으로 빠
지게 되었다는 것 등을 조용 조용히 이야기했다.

　여자와 이야기하는 동안 그는 자기와 아내만 가지고
있는 줄 알았던 그 이상하고 무의식적인 말버릇을 여자
도 똑같이 가지고 있다는 걸 깨닫고 소스라치게 충격을
받았다. 그의 말버릇 때문에 충격을 받기는 여자도 마찬
가지인 듯했다. 그들은 다 같이 자신을 가리키면서 기이
하게도 1인칭과 3인칭을 아무렇지 않게 혼용했다. 여자
는 '제가 거울을 보면서' '그 여자가 거울 속으로 들어와
서' 따위로 말했고 남자는 '저는 그때 쫓기면서' '그 남자
는 산 속에서' 따위로 말했다.

　그와 여자가 다 같이 또 충격을 받은 것은 그것뿐만이

아니었다. 그가 어떻게 해서 이 모래나라에 오게 되었는지를 이야기하는 도중에 여자는 아무래도 믿기지 않는다는 듯 깜짝 놀라면서 그의 말을 가로막았다.

「뭐라구요? 그러니까 당신도 그 분장실로 나왔단 말인가요? 틀림없이 그 맨 왼쪽에 있는 거울이란 말이지요?」

「예, 맞습니다. 그런데 왜 그렇게 놀라지요?」

「그렇다면 정말로 이상한 일이군요. 저도 서점에서 곧바로 거기로 나왔거든요. 그런데 그 여자의 가게와 당신의 집은 떨어진 거리로나……」

이번에는 그가 놀라서 여자의 말꼬리를 잘랐다.

「아니, 당신도 그러면 그 맨 왼쪽의 거울로?……그럴 리가 없는데……분명히 그 거울 속에 있는 내 방을 몇 번이나 확인했고……그리고 아내가……」

그는 갑자기 풀죽은 목소리가 되어 더듬거리다가 그만 입을 다물었다. 여자가 잠시 심상치 않은 침묵을 만들더니 아연 떨리는 목소리로 다급하게 물어왔다.

「당신이 당신의 방을 분명히 확인했다는 겁니까? 그럴 수가……나는 거기서 내가 빠져나온 서점을 분명히 보았고……」

여자는 갑자기 혼란에 빠진 듯 말소리를 죽였고 그는
여자의 이야기에 놀라면서도 이미 예감했던 일을 목도
할 때의 체념이 안겨주는 그 기묘한 안도감 속으로 오히
려 느긋하게 젖어들었다.

기이한 인연과 충격이 만든 바닥모를 침묵의 수렁 속
으로 그는 아주 천천히 가라앉았다. 한없는 고요가 포근
하고 둥글게 그를 감싸안자 그의 가늘고 흰 신경의 잔뿌
리들이 그 부드러운 고요의 살 속으로 스며들었다. 시간
이 지날수록 흐린 물이 점차 맑아지듯이 그는 자신의 머
리가 한결 투명하게 맑아지고 있음을 느꼈다.

그는 얽혀져 있는 생각의 실마리를 차근차근 풀어보기
시작했다.

문제는 거울이다. 거울 속의 〈나〉를 바라보다가 돌이
킬 수 없는 사태가 발생했다. 그러니 이 곳을 벗어날 수
있는 길도 거울에 대해서 그리고 거울을 바라본다는 것
에 대해서 좀더 곰곰히 따져보면서 찾아볼 수 밖에 없는
일이다. 그래 서두르지 말고 처음부터 차근차근 생각해
보자.

애초에 거울이 없었다면 나는 〈나〉를 알 수도 없고 볼

수도 없었으리라. 알 수도 없고 볼 수도 없는 것은 존재
하지 않는 것이나 마찬가지다. 그렇다면 거울을 보기 전
에는 〈내〉가 존재하지 않았다는 말인가. 꼭 그렇다고만
은 말할 수 없을 것같다. 거울을 통해서 〈나〉를 분명히
보고 알 수 있을 때까지 〈나〉는 일테면 미분되어 흐몽한
존재가능성으로 남아 있었다고 해야 옳을 것같다. 그러
니까 그 존재가능성은 부재와 존재의 경계에서 아지랑
이처럼 파동치고 있는 것이다. 그 파동은 부단히 부재의
영역으로 잠기기도 하고 존재의 영역으로 솟아오르기도
한다. 즉 파동은 존재와 부재가 서로 마주보면서 한없이
은밀하게 주고받음의 관계를 지속하고 있는 모습이라
할 것이다. 거울은 바로 그 부재와 존재가 맞닿아 있는
경계에 있으면서 그 한없는 주고받음의 생성관계를 드
러내고 맺어수는 것이리라. 거울을 바라볼 때 그래서 비
로소 거울 속의 〈나〉를 볼 수 있을 때 그 흐몽한 존재가
능성은 존재의 영역으로 현상되어 나온다. 따라서 거울
속의 〈나〉를 보기 전에 나는 〈나〉를 알 수가 없을 뿐더
러 〈나〉는 존재하지 않는다. 그러니까 〈내〉가 있은 다음
에 〈거울 속의 나〉가 있는 것이 아니라 〈거울 속의 나〉

가 먼저 있고 나서야 그것을 바라보는 〈나〉가 파생한다. 달리 말하면 거울이 〈나〉를 생산하기 때문에 거울은 언제나 〈나〉에 선행하고 〈거울 속의 나〉는 그것을 바라보는 〈나〉에 언제나 선행한다.

그렇다면……그렇다면……거울을 보지 않는다면 어떻게 되는가. 거울이 없거나 그것을 보지 않는다면 선후의 논리가 발생하지 않고 선후의 논리가 없으면 〈나〉는 파생되지 않는다. 일단 거울을 통해서 〈거울 속의 나〉로부터 〈내〉가 파생되고 나면 〈거울 속의 나〉는 실상에 가까운 것이 되고 파생된 〈나〉는 가상에 가까운 것이 되고 만다. 그러나 거울을 보지 않는다면 거울은 논리적 허구의 가상에 가까운 것으로 전락하고 〈거울 속의 나〉로부터 파생되기 이전의 〈나〉는 오히려 존재의 실상에 가까운 것이 되어버린다. 이렇게 되면 존재와 부재의 주고받음처럼 실상 즉 가상이고 가상 즉 실상이라는 모순과 역설이 만들어질 수밖에 없다.

이런 식으로 생각해서야 한 걸음도 나아가지 못하고 제 자리에서 맴도는 꼴이 아닌가. 좀더 실제적으로 생각해 보자. '거울이 없거나 그것을 보지 않는다면'이라고 가정하는 데서부터 생각이 꼬이고 있는 게 아닐까. 실제로 거울은 엄연히 존재하고 있고 또 거울을 보면서 인간적인 생활을 영위하고 있으니까 '거울을 보지 않는다면'이라는 가정은 지나치게 사변적인 난제를 만드는 것일 뿐만 아니라 비생산적일 수도 있으므로 지금 당장은 일단 유보해 두기로 하자.

　문제는 거울을 바라보는 데서부터 생겼다. 바라본다는 것은 무엇일까. 아무것도 보이지 않을 때 무엇인가를 바라볼 수 있을까. 그럴 수는 없는 일이다. 무엇인가 보여지는 것이 있을 때 우리는 그것을 바라볼 수 있다. 거울을 보는 것도 마찬가지다. 거울에 보여진 것 즉 거울에 비쳐진 것이 있고 나서야 우리는 그것을 바라볼 수 있다. 거울 앞에 섰을 때 나는 먼저 거울에 보여지고 비쳐진다. 그 다음에야 나는 거울 속의 나를 바라보기 시작한다. 그런데 보여진 것과 그것을 바라본 것의 차이 또는 보여짐과 바라봄의 차이는 무엇인가. 거울에 보여지고 비쳐지는 원초적 순산의 보여진 것과 보여짐은 흔히 하는 말로 한다면 즉자적이고 수동적인 것이며 그 보여진 것에 대해 바라본 것과 바라봄은 대자적이고 능동적인 것이라고 해야 할 것이다. 그렇다면 보여짐과 달리 바라봄은 그냥 보는 것이 아니라 모종의 의미와 가치를 부여하여 대상을 본다는 말이 된다. 그것을 좀더 다른 말로 하면 대상을 일정하게 한정하고 규정하면서 구성하게 된다는 뜻이다.

……그러니까……그러니까 맨 먼저 거울 밖에서 즉자적으로 〈보여지는 나〉가 있어서 거울 속에 즉자적으로 〈보여진 나〉가 생겨난다. 그 다음에는 거울 속의 〈보여진 나〉가 있으므로 거울 밖에서 그 〈보여진 나〉를 대자적으로 바라보면서 〈구성하는 나〉가 생겨난다. 그리고 이 〈구성하는 나〉가 생기는 것과 동시에 거울 속에는 〈구성된 나〉가 태어난다. 그리고 이 〈구성된 나〉가 태어나는 순간과 동시에 거울 밖의 〈나〉는 즉자적으로 〈보여지는 나〉로 전락하고 만다. 또 이 〈보여지는 나〉가 생기는 순간 거울 속에는 다시 〈보연진 나〉가 생기고 〈보여진 나〉가 생기는 것과 동시에 그것을 바라보는 〈구성하는 나〉가 태어난다. 거울을 보고 있는 동안 이 순간적인 반복과정은 끝없이 지속된다. 이것은 마치 존재와 부재가 끊임없이 주고 받는 파동과 흡사하다. 그런데 거울

속에서 〈보여진 나〉와 〈구성된 나〉가 부단히 반복 교체
되는 양상은 그것들이 모두 완료된 〈어떤 것〉을 보여준
다는 의미에서나 거울이 수동적으로 비치기만 한다는
점에서 즉자적일 수밖에 없다. 이와는 사뭇 달리 거울
밖에서 〈보여지는 나〉와 〈구성하는 나〉가 반복 교체되
는 양상은 그것 자체가 존재와 부재의 파동을 드러낼 뿐
만 아니라 〈바라봄〉에 의해서 의미부여하고 구성하는
〈나〉가 끊임없이 솟아오른다는 점에서 전체적으로 대자
적이다. 결국 〈거울 속의 나〉보다 〈거울 밖의 나〉가 언
제나 선행하며 실체적이다.

　……그런데……그런데 아무래도 좀 이상하다. 거울 속
의 〈보여진 나〉가 있어서 거울 밖의 〈구성하는 나〉가 파
생되었는데 〈거울 밖의 나〉가 실체적이라니 무엇인가
잘못 꼬인 것 같다. 무엇이 잘못된 것일까……과연 거울
은 수동적으로 비치기만 하는 것일까……아니다. 결코
그렇지 않다. 거울도 〈보여짐〉과 〈바라봄〉의 반복운동
을 나와 똑같이 하고 있다. 거울은 나보다 먼저 나를 바
라본다. 그렇다. 거울은 분명히 바라본다. 내가 거울 속
의 〈보여진 나〉를 바라보고 구성하기 전에 거울은 처음

부터 〈보여지는 나〉를 바라보고 구성한다. 거울이 최초에 보여주는 것은 〈보여진 나〉가 아니라 거울이 스스로 바라보고 규정한 〈구성된 나〉이다. 당장 거울 앞에 서 보면 그것을 알 수 있다. 거울 앞에서 오른손을 내밀어 보라. 거울 속의 그 사람은 왼손을 내민다. 어느 시인은 이것을 두고 "거울 속에는 소리가 없소……내 말을 못알아 듣는 딱한 귀가 두 개나 있소……악수를 모르는 왼손잡이오."라고 노래하지 않았는가. 〈거울 속의 나〉를 바라볼 때마다 아주 생소한 느낌을 받는 까닭은 그 때문이다. 이제 〈나〉는 거울 속에 있는 〈그 사람〉으로부터 파생되었음이 분명하다. 거울이 없으면 나는 〈나〉를 알 수가 없고 거울 속의 〈그 사람〉이 없으면 〈나〉는 결코 태어날 수가 없다. 그러므로 거울과 〈그 사람〉은 언제나 〈나〉보다 선행하며 실체적이다. 〈그 사람〉은 〈나〉보다 몸뚱이가 크고 나이가 많다.……그렇다면……거울이 나를 바라보고 〈나〉를 구성한다면 거울을 보고 있는 동안 나는 계속 구성될 것이므로 나는 순일하게 나를 통일시킬 수 없고 내가 통일되지 않으면 실제적으로 아무 일도 할 수가 없고……그러니까 거울을 바라보는 동안은 아무 일도 일어나지 않으니까……내가 진실로 무슨 일을 하려면 거울에 등을 돌려야……

「맞다. 그렇다. 이제 알았다. 그러니까……」

그는 갑자기 골똘한 생각에서 깨어나면서 들뜬 목소리로 외쳤다. 그 바람에 제 생각에 골몰해 있던 여자가 다소 놀라고 동뜬 어조로 의아스럽게 물었다.

「아니, 무얼 알았다는 거지요. 무슨 생각을 하는데 그렇게 내내 혼자 중얼거면서 깊이 빠져 있었나요?」

「예. 맞습니다. 이제 알았어요. 여직 그 생각을 못하다니……이제 여길 빠져나갈 길을 찾았습니다. 그러니까 거울을 보면 안됩니다. 어디까지나 거울에 등을 돌리고 뒤로 가야 합니다. 그래야……」

「아니 지금 도대체 무슨 말을 하고 있지요? 거울을 보지 말고 뒤로 가다니 그게 도대체 무슨 말이지요?」

「자 그러니까 좀 들어보세요. 우리는 분명히 거울을 바라보다가 거울 속으로 들어왔지요? 그렇지요? 그런데 이 거울 속에서 다시 반대로 서쪽 세계로 되돌아가려면 거울을 등지고 뒤로 걸어나가야만 됩니다. 그래야만 내가 하나로 일치될 수 있습니다. 나의 왼손과 거울 속의 그 사람의 왼손이 일치되고 나의 오른손과 그 사람의 오른손이 일치되고 위 아래와 크기가 일치됩니다. 맞지요? 내 말이 맞지요? 거울을 바라보면서 앞으로 나왔더니 거울 속이었으니까 이번에는 거울을 등지고 뒤로 나가야만 저쪽의 본래세계에 돌아갈 수 있습니다. 저쪽에서 이쪽으로 올 때처럼 해서는 안됩니다. 저쪽의 방식과 이쪽의 방식은 흡사하지만 미묘하게 달라요. 만일 거울을 바라보면서 저쪽으로 나가려고 한다면 영원히 어긋나고 맙니다. 그래서는 이 모래나라에서 벗어날 수가 없어요. 그리고 참 거울에 절대로 속지 마세요. 거울에 비치는 당신의 서점으로 들어가려고 하면 절대로 안됩니다. 그것은 환영일 뿐입니다. 거울 속의 그 사람을 만나서 당신과 일치시켜야만 합니다. 그리고 나는 저쪽에서 낮에 이쪽으로 왔으니까 이번에는 밤에 저쪽으로 나가야만 합니다. 당신은 낮에 왔습니까 밤에 왔습니까?」

그는 여자에게 이야기하고 있는 동안 점점 자신의 말에 확신이 생기면서 저도 모르게 두서없는 말들을 달뜬 목소리로 쏟아놓았다.

「……」

여자는 그의 갑작스럽게 돌변한 태도와 이해할 수 없는 말들 때문에 어리벙벙해져서 무슨 말을 할 듯하다가 그만 침묵을 지켰다.

그는 한꺼번에 밀려오는 피로감에 눈꺼풀을 무겁게 내리감았다. 눈을 감자 이번에는 잊고 있던 갈증과 허기가 참을 수 없는 고통을 주면서 전신을 갉아대었다. 눈을 감고 잠을 청해도 소용없는 일이었다. 그제서야 그는 이곳에 와서 여러 번 밤낮이 바뀌었지만 한 숨도 잠을 자지 못했다는 사실을 깨달았다. 눈꺼풀과 입이 매마를 대로 매말라서 작은 움직임에도 그것들은 모래가 서걱이는 듯했다.

「어쨌든 저는 밤에 이쪽으로 왔으니까 그리고 낮에는 위험하기도 하니까 밤중까지 기다렸다가 분장실의 거울로 가보아야겠어요. 그 거울에서 이쪽으로 빠져 나왔으니까 저쪽으로 빠져 나갈 구멍도 틀림없이 바로 그 거울에 있겠지요.」

「……」

여자가 무슨 말을 할 듯하다가 아직 가닥이 잘 잡히지 않는 듯 그만 입을 다문 채 한참이나 그대로 앉아 있었다. 그리고 가까스로 여자가 무언가 자기 나름대로 생각을 정리하고 그를 따라나설 결심을 했는지 무슨 말을 건네는 것 같았지만 이번에는 그가 침묵을 지켰다. 그리고 그는 여자가 측은하게 느껴졌다. 아직은 여자가 거울에 더 익숙해져야 하고 그래서 거울을 벗어나는 길을 찾기까지는 시간이 좀더 필요할지도 모른다고 그는 생각했다.

모래나라의 낮이 가고 밤이 왔다.
그는 몇 번이나 마음 속으로 굳게 다짐했다. 거울을 보지 말고 뒤로 가야 한다. 등 뒤에 볼 수 없는 낭떠러지가 있다 하더라도 한 오라기 의심도 일으키지 말고 발걸음을 떼어야 한다. 모래나라에서 하얗게 말라 죽거나 까마득한 낭떠러지 밑으로 눈 깜짝할 사이에 떨어져 죽으나 그것은 매 한가지다. 두려워하지 말아라. 의심을 갖지 말아라. 그는 한결 마음이 편안해짐을 느꼈다.
「자 그럼 갑시다. 그러나 지금도 늦지 않았으니 내가 한 말을 잘 새겨보세요.」
「알았어요. 너무 염려 마세요.」

여자도 마음을 어떻게든 굳혔는지 작지만 또렷하게 대꾸해 왔다.

그들은 엉거주춤 일어나서 웅크리고 앉아있는 동안 굳어있던 오금의 관절을 몇 번 굽혔다 펴보고는 문득 생각난 듯이 옷과 손발에 묻어 있는 모래를 털어내었다.

이윽고 밝은 불빛이 새어 들어오는 하수구에 이르자 잠시 바깥 동정을 살피고 나서 조심스럽게 밖으로 기어 나갔다. 하수도 안의 어둠에 익은 탓인지 골목길은 가로등이 없었지만 꽤나 밝아 보였다. 아주 연하게 풀어진 암청색 하늘에 수없이 흩어진 잔별들이 소리없이 반짝이고 있었다. 그들은 되도록 담벼락에 몸을 붙이고 멀고 지루하게 느껴지는 길을 앞으로 조금씩 잡아당기며 걸어 나아갔다.

가로등이 환하게 비치는 한길 앞에 이르러서 그는 다시 한 번 조심스럽게 거리를 살폈다. 괴괴한 적막 속에 늘어서 있는 건물들이 마치 꿈결처럼 아득하게 느껴졌다. 길을 건너 조금 위쪽에 있는 극장 건물이 마치 먼 바다에 떠 있는 작은 섬처럼 가물거렸다.

「한 사람씩 길을 건너갑시다. 내가 먼저 건너가서 살

펴본 다음 저기 보이는 극장의 입구에서 손짓을 할테니 그때 건너오세요.」

「그렇게 하세요. 조심하세요.」

여자의 목소리는 매우 건조하게 갈라지고 잠겨 있었다.

그는 잽싸게 길을 건너서 극장에 접근한 다음 극장 건물의 왼편 벽 그늘에 몸을 숨겼다. 주위를 둘러보았다. 바로 옆 건물의 아래 층에 있는 몇 개의 방에 불이 밝혀져 있는 것 말고는 마음에 특별히 걸리는 것은 없었다.

극장의 외벽에 붙어있는 비상계단으로 올라가서 문을 열고 들어가면 될 것이다. 지난 번처럼 문은 틀림없이 열려 있으리라. 그는 다시 한 번 더 주위를 둘러보고 나서 벽 그늘로부터 서서히 몸을 빼어 한길의 가로등 불빛 속으로 나아갔다.

그리고 길 건너 좀 오른쪽에 있는 골목 입구를 향하여 막 손짓을 두어 번 하고 있는데 불이 밝혀져 있던 바로 옆 건물의 입구로부터 예의 그 등골이 오싹해지는 헛것들의 말소리가 왁자하게 들려왔다.

그는 얼른 뒤로 물러서면서 그늘에 몸을 숨겼다.

그러나 이미 헛것들한테 발각된 뒤였다.

너댓 명의 헛것들이 그를 가리키고 소리를 질러대면서 돌진해 왔다.

극장의 비상계단 말고는 아무데고 빠져나갈 구멍이 없었다.

그는 정신없이 비상계단 위로 뛰어 올라갔다. 다행히 예상대로 문은 열려 있었다. 급히 문을 안에서 걸어 잠그고 헐떡이는 숨을 한 번 몰아 쉴 새도 없이 그는 분장실을 향하여 달렸다. 복도는 거리의 가로등 불빛이 흘러들었다.

분장실의 문을 열고 들어가는데 등 뒤에서 비상문이 요란하게 떨어져 나가는 소리와 함께 헛것들의 소리가 들려왔다. 너무나 급한 나머지 분장실의 문을 잠글 새도 없이 그는 불을 켜자마자 거울 앞에 섰다.

거울 속에는 파랗게 겁에 질려 눈을 크게 치켜뜬 한 사내가 금방이라도 거울 속에서 그를 향해 뛰어나올 듯이 그를 노려보고 서 있었다. 헛것들이 외쳐대는 소리와 어지러운 발자국 소리가 바로 문 앞에서 들렸다.

그는 거울을 등지고 뒤로 돌아섰다. 그리고 눈을 감았

다. 백척간두에 서 있다는 느낌이 들자 알 수 없는 평온
과 고요가 그를 겹겹으로 감싸안았다.

　그는 일 순 모든 생각과 감각을 끊고 뒤로 걸었다.

　고요의 알껍질의 균열진 틈새로 쏴-하고 공기가 밀려
든다고 느끼는 순간 그는 눈을 뜨면서 몸을 바로 가누었
다. 자신의 빈 방에 돌아와 있었다.

　여기저기 둘러보아도 예전과 달리 변한 것은 아무것도
없었다. 책상 위의 책들도 그가 펴 놓은 채 그대로 있었
고 컴퓨터도 누가 손을 대지 않았는지 그대로 켜진 채였
다. 거울을 바라보았다. 초췌한 자신의 얼굴이 마치 낯
선 사람처럼 무표정하게 마주 바라보았다. 그 무표정한
얼굴 위로 그가 거울 속에 있을 때 아내와 그 짓을 하던
남자의 얼굴이 물결무늬처럼 그림자를 지우면서 어른거
렸다. 그는 번쩍 정신이 나서 얼른 거울에서 물러났다.

　달력을 보았다. 며칠이나 지났을까. 도시 짐작이 되지
않았다. 시계를 보니 오후 5시. 밤에야 퇴근해 돌아오는
아내를 기다리기에는 너무 긴 시간이었다.

　무엇을 어떻게 해야 할지 몰라 컴퓨터를 끄고 나서 잠

시 멍청하게 의자에 앉아있던 그는 문득 거울 속에서 헤어진 그 여자를 떠올렸다. 그 여자는 어떻게 되었을까. 분명히 내가 헛것들한테 쫓기는 것을 보았을 테니까 일단 그 하수도의 피신처로 무사히 되돌아 갔으리라. 지금쯤 그 하수도의 어둠 속에서 아마도 여자는 공포에 떨고 있을 것이다. 거울을 벗어날 수 있는 길을 이야기할 때 좀더 그 여자가 수긍이 가도록 자세히 설명하고 설득하지 못한 것이 갑자기 후회되었다. 어쨌든 무사히 은신해서 지낼 수만 있다면 그 여자도 머지 않아 그 곳을 벗어나는 길을 찾기는 찾을 것이다.

그런데……이 모든 것이 내가 꿈을 꾼 것은 아닌가. 도대체 그것이 꿈인지 아닌지 어떻게 알 수 있단 말인가. 분명히 꿈은 아니었다. 그러나……그러나……

한참이나 혼란에 빠져서 자문자답하고 있던 그는 갑자기 의자에서 벌떡 일어났다. 그 여자가 이야기했던 그 서점을 찾아가 보자. 그는 서둘러 나서다가 부엌에 들어가서 불 한 잔을 따라 마셨다. 기대했던 시원한 물맛이 아니었다. 그토록 고통스럽던 갈증과 허기가 거짓말처럼 말끔히 가셔 있다니 참으로 기이하게 느껴졌다.

　서점을 찾는 데는 긴 시간이 걸리지 않았다. 가끔 바람을 쏘이러 가 보았던 강변도로에서 그리 멀지 않은 길가에 서점은 있었다.
　서점을 발견하는 순간 그는 망연자실하여 한동안 길바닥에 붙박혀 서 있어야만 했다. 사실이었구나. 그 끔찍한 모든 일이 사실이었구나.
　그는 무서웠다.
　그냥 돌아갈까 아니면 서점에 들러볼까.
　그는 망설였다.
　어떤 운명의 파탄이 다가오는 듯한 예감에 휩싸이면서 그는 천천이 서점 앞으로 걸어갔다.
　여자가 책을 보고 앉아 있었다.
　바로 그 여자였다.
　이게 어찌된 일인가. 벌써 그 여자가 어떻게 나왔단 말인가. 그는 놀랍고 한편으로 반가와서 급히 여자에게 다가가면서 큰 소리로 말했다.
　「아 다행히 나왔군요. 그런데 어떻게 벌써 그렇게……」
　「예? 뭐라구요?」
　여자는 생전 처음 보는 사람 앞에서 지어 보이는 뜨악

한 표정으로 그를 바라보았다.

「K씨 아닙니까. 저를 모르시겠습니까. 그러니까 저……모래나라에서 같이 있었던 사람입니다. 저는 당신에게 말했던 대로 거울을 등지고 나왔는데 그런데 당신은 어떻게 벌써 나왔죠. 어쨌든 참 다행입니다. 걱정했었는데……」

「아니 당신 도대체 뭐가 어떻게 되었다는 거죠? 아니 그 여자라니 그리고 도대체 무슨 말을 하고 있는 거지요?」

여자는 완연히 황당하다는 눈빛으로 그를 빤히 바라다보면서 빠른 말씨로 거푸 물었다.

그는 뒤통수를 얻어맞은 듯 얼빠진 눈으로 여자를 물끄러미 바라보면서 무슨 말을 하려고 몇 번이나 입을 달싹였다.……그렇다면 여자는 아직 거울 속의 〈그 여자〉를 만나지 못했단 말인가……그럼 이 여자와 거울 속의 여자 중에 어느 하나가 〈그 여자〉라는 말인가…… 씰룩거리는 마른 입술 사이로 말이 잘 되어 나오지 않았다.

「……그러니까……거울 속 모래나라에서……당신과 같이……」

그의 풀죽은 말들은 자음과 모음이 제각각 뿔뿔이 흩어진 채 부실부실 모래알처럼 떨어져 내렸다. 온 몸의 힘이 발바닥 밑으로 다 빠져나간 듯이 맥풀린 다리가 후들후들 떨려 왔다.

아주 오랫 동안을 꼼짝않고 고개를 숙인 채 강가에 앉아 있던 그가 문득 눈을 들어 멀리 흐르는 강물을 바라보았다. 노을빛을 받은 잔물결 하나하나가 작은 불씨처럼 따로따로 반짝이다가 이따금 불어오는 바람에 모닥불처럼 한 덩어리로 뭉쳐져 타오르다 이내 흩어지고는 했다. 이윽고 시간이 좀더 흐르면 하늘에는 모래알처럼 무수한 잔별들이 또 하염없이 반짝이리라. 그의 눈에서 일순 잔물결의 불씨처럼 눈물이 반짝였다.

그는 천천이 일어나서 아직도 바지 주머니 속에 상기 남아서 서걱거리고 있는 모래나라의 모래들을 꼼꼼히 털어내었다. 모래나라의 이야기는 영원한 비밀로 묻어 두어야 하고 어느 누구에게나 이야기할 수 있는 것이 아니라고 그는 생각했다.

그리고 그는 멀리 허공을 바라보았다. 거대한 허공의

거울이 거기서 소리없이 그를 바라보고 있었다.

이러매 내가 노래한다.

유리구슬 눈알을 반짝이며 까마귀들이
색지를 오린 해와 달을 번갈아 걸어 놓는 곳
죽어도 넋이 남지 않으니
죽어도 죽음이 없는 이 곳은 어디인가
마른 강바닥에 나무뿌리처럼 제 몸을 내리고
두 개의 옛 거울은 잃어버린 채
남은 한 개의 거울만을 오른 손에 들고서
늙은 무녀가 댓잎 서걱이는 소리로
헛되이 헛되이 넋을 부르는
천지사방 모래바람 날리는 이 곳은 어디인가

주식으로 종이를 씹어 먹기 시작하면서 이 나라 사람
들은 위생적이고 간편한 생활양시에 아주 행복해 했다.
노동의 고통은 사라지고 손발에 흙먼지 묻힐 일도 없고
참깨같이 질서정연하게 알알이 굴러오는 하고 많은 시

간들을 참새처럼 마냥 재잘거리며 종일을 먹어도 배가
부르지 않은 종이를 날마다 맛있게 바삭바삭 씹어 먹으
면 그만이었다. 그러나 꿈같이 달콤한 시간은 오래 가지
않았다. 곳곳에서 숲이 사라지고 강바닥이 드러나면서
나라에서는 엄격한 통제하에 식량을 배급하기 시작했
다. 드디어 사람들은 영원히 채울 수 없는 굶주림에 쫓
겨 다니는 아귀지옥의 아귀들이 되어 갔다. 처음에 사람
들은 종이를 발라 먹으면서 종이의 가시인 그 단단한 철
사 토막의 기호들을 뱉아 내버렸지만 이제는 뱃속의 허
기가 그것을 허용하지 않았다. 어린아이들조차 그 단단
한 철사 토막을 말끔히 먹어 치웠다. 한 조각의 폐지를
차지하기 위해서 사람들은 길바닥에서 서로 물어 뜯고
나뒹굴었다. 종이를 주식으로 삼으면서 이미 피는 말라
버렸으므로 서로 물어 뜯고 할퀸 자리는 마치 폐가의 찢
어진 문풍지나 벽지처럼 종이 피부가 매마르게 버석거
리며 나풀거렸다. 나풀거리는 종이 피부의 틈새로 앙상
한 철사의 골격이 드러났다. 그리고 뱃가죽 속에는 이미
철사 토막 새끼들이 앙징맞게 자라고 있었다. 사람들은
토악질을 하여 그 어린 철사 토막들을 낳기 시작하고 그

것은 공장으로 보내져서 다시 먹을 수 있는 재생용지가
되었다. 아무리 토악질을 하고 재생용지를 공급해도 거
기에 비례하여 사람들의 허기는 점점 더 커져만 갔다.
마침내 제 종이 살점을 걸신처럼 다 뜯어 먹어 치운 사
람들이 나타나기 시작했다. 그들은 앙상한 철사의 골격
을 다 드러낸 채 절룩거리며 폐차장의 고철더미를 뒤지
고 다녔다. 어쩌다가 내장 대용으로 쓸 만한 쇠붙이를
만나면 그것을 슬그머니 뱃 속에 집어 넣고 떠났다. 그
러나 철사는 이미 붉게 녹슬어 있었다. 질서정연하게 알
알이 굴러오는 참깨같이 하고 많은 시간들이 이제는 붉
은 악귀가 되어 철사를 공격하고 있었다.

가는 철사의 뼈가 녹슬어
여기저기 새들이 길바닥에 떨어지고
밤낮없이 마른 개들이 떼로 몰려 다니며
시끄러운 깡통소리로 짖어대고
철사로 깡통을 긁이데는 모래바람은 불어 쌓고

소리를 지르면 소리가 모래되어 쌓이는 곳

고요한 모래나라 이 곳은 어디인가
아랫녘 왕대나무 왼갖 곧은 낭구 낭구가
웃녘 머구나무 왼갖 굽은 낭구낭구가
햇빛 달빛 곱게 걸러 피를 가른 아이
왼갖 길짐승과 날짐승이 젖을 주고 고이 품어
마침내 알을 깨고 나온 아이, 바리데기여
이 땅은 두 개의 거울과 함께
그대를 버리고 오래오래 버림받았도다
남아있는 한 개의 거울이
무섭게 홀성불이로 허기진 성욕을 채우면서
모래는 모래를 낳고 헛것은 헛것을 낳고
굴뚝새의 그림자는 새로 태어난 아이들의
그림자를 몰래 훔쳐 공장의 굴뚝으로 나와
논밭을 두더지처럼 들쑤시며 역병은 시작되었도다
꺼멓게 번들거리는 파도가 거북이 알과 갈메기들을
때없는 욕지기로 돌팔매질하듯 뭍으로 던지면
그림자를 잃고 파르라니 떨고 있던 풀잎들이
노랗게 바스러지는 곳
이 땅은 그대를 버리고 버림받은 그대의 고향이도다

바리데기여, 영원한 죽음의 여성이여
칼산지옥 불산지옥 넘어서 어디만큼 오고 있는가
무장승의 일곱 아기를 데불고
무명화無名花 꽃술에 가둔 한 방울의 이슬을 데불고
유황천 건너 약천弱川을 건너 어서어서 돌아오라
한 방울 이슬로 불꽃을 당겨 물고
세 개의 거울이 서서로 되비치게 하여라
허공이 천지만물과 말씀을 낳고
천지만물이 허공과 말씀을 낳고
말씀이 천지만물과 허공을 낳아
꽃잎이 서서로 감싸이며 끊이지 않듯
거울 사이 다시 한 번 금사다리를 놓아라
그 금사다리 위에서 저 늙은 무녀로 하여금
은하몽누리를 휘날리며 춤추게 하라
오직 춤만이 해와 달로 빛나게 하라
눈부신 두 얼굴이여
떠도는 넋들의 길라잡이여.

외눈이 마을

타림Tarim 분지.

〈물이 모이는 곳〉이라는 뜻을 가진 〈타림〉이 암시하
듯이 이곳은 수량이 많아 일찍이 농업이 발달하면서 도
시국가의 성립을 촉진시켰고 한때는 동서교역을 매개하
며 번성했던 실크로드의 관문이기도 했던 곳이다.

북쪽으로는 톈산산맥이, 서쪽으로는 파미르고원이, 그
리고 남쪽으로는 쿤룬산이 그 거대한 산맥들로 둘러싸
고 있어 서쪽에서 동쪽으로 서서히 경사를 이루면서 만
들어진 분지가 바로 타림이고, 이 분지의 동쪽 가장자리
에서 북쪽으로 흐르는 당허강 하류 유역 사막지대가 그
옛날 교역의 중심지로 번창했던 둔황敦煌이다.

둔황의 남쪽 변두리, 그러니까 만년설을 하얗게 머리
에 이고 있는 쿤룬산을 등지고 아득히 타클라마칸 사막
을 북쪽으로 보고 있는 외딴 지역에는 둔황학을 연구하
는 소수의 전문 학자 외에는 아직 거의 알려지지 않은
그리고 어쩌다 그곳에 발길이 닿았다 하더라도 아무도
눈여겨보지 않았을 작은 유적지 하나가 남아있다. 지리
적 조건으로 보아 이곳은 쿤룬산 동쪽 끝의 계곡물이 흘
러 내려와 비옥한 선상지를 만들고 그 선상지 위에 꽤나

큰 오아시스 촌락이 형성되었을 자리다. 지금은 온통 모래로 뒤덮인 황량한 사막이어서 과연 옛날에 그렇게 큰 촌락이 있었을까 싶지 않지만, 신전으로 쓰였음이 틀림없을 듯한 석조 건물의 기둥들과 잔해들, 그리고 주변에 흩어진 크고 작은 건물과 도로의 흔적들이 회진되어 버린 옛 영화를 분명하게 증언하고 있다.

이 유적지가 보면 볼수록 기묘하게 느껴지는 것은 아무리 생각해도 잘 이해가 되지 않는 두 가지 수수께끼 때문이다. 첫째는, 이곳에 있던 촌락이 아무리 규모가 크다 할지라도 도시로까지는 발전하지 않았을 것이 분명한데 어떻게 이렇게 규모가 큰 신전이 있을 수 있었는가 하는 점이고, 둘째는, 신전의 상부 중앙에 놓여 있는 이상하게 생긴 바위의 정체가 무엇인가 하는 점이다. 바위가 있는 위치는 어느 모로 보아노 신상이라든가 무슨 성불 같은 것이 있어야 할 자리다. 그런데 어떻게 이와 같은 커다란 바위가 신전 안에, 게다가 신상이나 있어야 할 자리에 있게 되었는가 하는 의문이 가시지 않기 때문이다.

더구나 꼬리에 꼬리를 물고 일어나는 궁금증은 그 바

위의 이상한 생김새 때문이다. 어떻게 보면 아주 커다란 거북이 형상 같기도 하고, 또 달리 보면 사람이 엎드려서 기도하고 있는 모습 같기도 하고, 좀 떨어져서 보면 무슨 짐승이 울부짖고 있는 모습 같기도 해서 도무지 종잡을 수가 없는 것이다.

도대체 이 수수께끼 속의 유적지와 저 이상하게 생긴 바위의 정체는 무엇일까.

지금까지 둔황 유적지에 대하여 연구한 그 많은 성과물의 어느 구석에도 이 유적지가 거기에 존재한다는 사실 외에, 그것이 무엇인지에 대하여 설명한 언급은 단 한마디도 찾아볼 수가 없다. 소수의 전문 학자들만 더러 궁금해 하였을 뿐 아무도 그런 것에 관심을 두지 않았으므로 그것은 그저 별 흥미 없는 수수께끼의 하나로 거기에 남아 있을 뿐이었던 것이다.

그런데 다행스럽고 놀랍게도 이 수수께끼를 풀어주는 문서 하나가 최근에 발견되었다. 레닌그라드로 널리 알려진 러시아의 상트페테르부르크 동양학 연구소의 둔황 문고 속에는 문헌 분류도 되지 않은 채 보관되어 있는, 표지까지 합하여 겨우 네 장 밖에 안 되는 필사본 문서 하나가 있는데, 표지에 비백체로 『척안동외기隻眼洞外記』라 쓰여진 것이 바로 그것이다.   표지의 제목으로 보아 이것이 서책명만 전해지는 『둔황지지별집敦煌地誌別集』같은 책에서 탈락되어 나온 것이 아닌가 하고 짐작할 뿐 그 외의 서지 사항에 대해서는 아직 아무것도 알려진 것이 없다.

『척안동외기』가 전하는 유적지의 유래와 신전내의 이상한 바위의 정체에 대한 이야기는 오늘날 우리들에게는 좀처럼 곧이곧대로 믿겨지지 않는 좀 황당하고 해괴한 것이다. 어쨌든 이야기의 줄거리만을 대충 간추려 보면 다음과 같다.

어느날 이 마을에 체구가 거대하게 생긴 괴승 하나가 흘러 들어와 살기 시작했다.

이 괴승의 거대한 체구도 예사로운 모습은 아니었지만 기괴한 느낌이 들 정도로 예사롭지 않게 느껴지는 것은 그기 왼쪽 눈이 없는 외눈이였기 때문이다. 왼쪽 눈알이 빠져 나간 자리는 주먹 하나가 드나들 정도로 동굴처럼 뻥 뚫려 있었는데 얼마나 깊은지 그 구멍은 늘 신비한

어둠이 감돌고 있었다. 그래서 그런지 마을 사람들은 그
를 처음 대했을 때 모두 어떤 알 수 없는 위압감과 함께
두려움과 신비함 그리고 외경감을 동시에 느껴야만 했
다.

그런데 얼마 뒤부터 사람들이 자신들의 앞날에 무슨
불길한 일이 일어날지도 모른다는 밑도끝도 없는 사위
스러운 느낌에 잠시 잠시 마음이 산란해지기 시작한 것
은 그 괴승이 마을 사람들을 상대로 자신이 믿고 있는
신을 믿어야 한다고 설득하고 다녔기 때문이다. 그는 자
신의 옴비라唵嚧羅 신만이 우주를 창조하고 주재하는 유
일한 신이며 그 신에 대한 진실한 믿음과 헌신을 통해서
만이 영생불사를 얻을 수 있다고 말했다. 그리고 마을
사람들이 믿고 있는 수리야首利耶 신이란 단지 태양을 신
격화한 것으로서 진정한 신이 아니며 농경민들이 우매
한 나머지 있지도 않은 허깨비 같은 것을 믿고 있을 뿐
이라고 말했다.

그리고 옴비라 신은 옴비라 진인인 자신을 통해서 역
사하고 있으며 머지 않아 그 옴비라 신의 위대한 능력을
증명하는 기적을 보여주겠노라고 철석 같은 믿음에서

발산되는 묘한 광기와 열정이 느껴지는 목소리로 그는
외치고 다녔다.

 사람들은 그러나 아무도 쉽게 그 옴비라 신을 믿으려
들지 않았다. 다만 그에 대한 막연한 두려움 때문에 〈진
인님〉이라는 호칭으로 그에 대한 존경과 자신들의 온순
함을 드러내면서 그가 하고 다니는 것을 그저 조용히 지
켜보기만 했다.

 그러던 어느 날 그는 무엇인가를 결행하려고 마음먹은
듯 사람들을 한 곳에 불러 모았다. 그리고 확신에 찬 목
소리로 말했다.

 "나는 오늘 여러분에게 옴비라 신의 위대한 권능을 증
명해 보이려고 한다. 내가 이곳에 온 까닭은 옴비라 신
의 계시에 따라 여러분을 영생불사의 낙원으로 이끌어
주고 여러분을 통해 이 세상을 구원하고자 하는 것이다.
옴비라 신께서는 제일 먼저 여러분들을 구원하고 이끌
라고 내게 명령하셨나. 이제 여러분이 잘못 믿고 있는
수리야 신이 옳다면 내가 행할 기적은 결코 일어나지 않
을 것이다. 그러나 내가 옴비라 신의 권능으로 행하는
기적을 이 자리에서 여러분의 두 눈으로 똑똑히 볼 수

있다면 수리야는 허깨비에 불과한 것인 줄을 알아야 한
다.”

그는 모든 사람들이 곧 일어날 기적을 잘 볼 수 있도록
빈 자루를 하나 손에 들고 단상 위로 올라갔다. 그리고
호기심을 잔뜩 돋구어 숨을 죽이고 있는 마을 사람들을
잠시 둘러보고는 다시 입을 열었다.

“나는 이제 여러분에게 보여 줄 기적을 가지고 농사를
짓거나 양을 치거나 길쌈을 하는 생업의 모든 고통으로
부터 여러분을 영원히 해방시켜 줄 것이다. 그리고 여러
분과 함께 새로운 낙원을 건설해 나갈 것이다.”

그의 말은 아주 단호하고 신념에 넘쳤다.

이윽고 그는 알아들을 수 없는 말로 무슨 주문을 외우
기 시작했다. 그리고 몇 번인가 방향을 바꾸며 합장을
하더니 왼쪽 손바닥을 구멍만 남아 있는 왼쪽 눈가에 대
고는 가볍게 비비면서 주문을 그치지 않았다. 주문을 외
는 소리가 잠시 멈칫했을 때 그는 왼쪽 손바닥을 사람들
이 잘 볼 수 있도록 의기양양하게 펴 보였다. 사람들은
모두 제 눈을 의심하면서 몇 번이고 눈을 홉뜨고 다시
살펴보았다. 그의 커다란 손바닥 가득 진귀하고 값비싼

보석들이 햇빛에 눈부시게 빛나고 있었다. 사람들이 채 탄성을 지르기도 전에 그는 다시 주문을 외면서 같은 동작을 반복했다. 그리고 손바닥 그득 그득 담기는 보석들을 연신 빈 자루에 채웠다. 보석들은 그의 동굴 같은 왼쪽 눈구멍에서 나오고 있었다.

사람들은 그에게서 처음 느꼈던 그 밑도끝도 없는 불길한 예감이 이렇게 꼬리를 보이기 시작한 것이라고 생각하면서 몸을 떨었다. 그러나 그 불길했던 예감은 이제 묘하게도 길흉이 반쯤씩 섞여진 상태, 즉 불안과 기대가 뒤범벅이 된 충격으로 변해 있었다. 몇 사람은 그에게 엎드려 경배까지 하면서 그 마음의 충격을 감추지 않고 나타냈다.

한 자루 가득한 그 진귀한 보석들은 모든 사람들에게 골고루 분배되었다. 그리고 그는 앞으로 필요할 때는 언제나 이 기적을 행할 것이라는 말을 잊지 않고 덧붙였다. 평생 꿈도 못 꾸어볼 재화를 제 손으로 만져보면서 비로소 사람들은 놓칠 수 없는 현실을 생생하게 느껴야만 했다.

이제 마을의 환경과 사람들의 마음은 예전의 그것이

아니었다. 모든 것이 아주 빠르게 달라져 갔다. 재화의 윤기와 들뜬 활기가 흘러 넘쳤다. 수리야 신의 소박한 시대가 물러가고 옴비라 신의 화려한 시대가 도래하고 있었다. 많은 사람들이 진인님을 경배하며 따르기 시작했고 아직도 수리야 신에게 매달리고 있는 소수도 더 이상 버틸 수 없는 지경으로 몰려가고 있었다. 진인님은 많은 물자를 들여오고 각처에서 필요한 기술자들을 불러와 도로와 환경을 정비하고 새로운 건물들을 지었다. 그리고 옴비라 신을 모시는 아주 크고 화려한 신전을 지었다.

신전이 완성되었을 때 사람들은 벌써 진인님이 내린 여러 가지 율법과 계율을 지키면서 새로운 생활에 적응하였을 뿐만 아니라 옴비라 신에 대한 헌신적인 믿음 또한 철석 같이 굳어져 있었다. 그리고 필요할 때면 언제든지 진인님이 생산하는 보석들이 모자라지 않았으므로 사람들은 이제 농사를 짓거나 길쌈하는 법도 까맣게 잊어버렸다. 사람들은 날마다 신전에 빠짐없이 모여 옴비라 신에게 엎드리고 진인님이 한 구절씩 불러주는 알 수 없는 아주 긴 다라니 진언 주문을 따라서 외웠다.

어느 날 진인님은 처음으로 기적을 보여주었던 때와

같이 옴비라 신의 무슨 계시를 결행하려고 마음먹은 듯 신성한 위엄이 가득 서린 표정과 목소리로 입을 열었다. 진인님은 옴비라 신이 자신을 통해서 역사하기 때문에 신상이 있어야 할 자리에 늘 앉아 있었는데 이날은 특히 과연 옴비라 신이 진인님을 부려 일하고 있구나 하는 실감이 느껴질 만큼 그의 모습과 말소리는 신적 권능과 위엄으로 압도해 왔다.

"나는 오늘 그동안 때를 기다려 왔던 성스러운 일을 옴비라 신의 이름으로 하고자 한다. 이제 여러분도 언젠가는 나를 통해서가 아니라 여러분 자신이 지금의 나와 같이 직접 옴비라 신의 계시와 은총을 받을 수 있는 준비를 해야 할 때가 되었다. 나를 자세히 보라. 나는 왼쪽 눈을 옴비라 신에게 바쳤다. 왼쪽 눈은 온갖 마귀가 들어와 장난을 치는 곳이다. 여러분이 두 눈을 가지고 있는 한 세상을 바로 볼 수가 없고 신의 계시와 은총을 받을 수 없으며 지금 익히고 있는 진언 주문을 틀림없이 다 외운다고 하더라도 절대로 나와 같이 기적을 일으킬 수는 없다. 영생불사의 낙원으로 들어가는 문턱은 오직 외눈이만 넘을 수 있는 것이다. 이제 여러분과 내가 힘

을 합쳐 세상을 구원하고 낙원을 건설할 때가 무르익었
다. 그리하여 나는 옴비라 신의 이름으로 여러분에게 명
령한다. 두려워하지 말고 기꺼이 왼쪽 눈을 바쳐라. 그
래서 신의 광명을 찾아라."

　진인님의 말은 너무도 결연하였고 거부할 수 없는 신
성한 힘이 차고 넘쳤다. 사람들은 처음 겪어 보는 몰아
적이고 충동적인 강렬한 감동에 눈물을 흘리면서 신의
영광이 가까워졌음을 추호도 의심하지 않았다. 그래서
그들은 모두 오히려 복받치는 환희와 열광에 몸을 떨면
서 그들의 왼쪽 눈을 옴비라 신에게 바쳤다.

　이 마을은 이때부터 척안동, 즉 외눈이 마을이라는 이
름을 얻게 되었다. 그렇다고 해서 이 마을에 사는 사람
들이 모두 외눈이는 아니었다. 아이들은 열네 살이 되어
성인식을 치루면서 비로소 왼쪽 눈알을 신에게 바쳤으
므로 당분간은 두 눈을 가지고 세상을 볼 수 있었던 것
이다. 어쨌든 이 마을은 모자람이 없는 재화의 혜택과
일사불란한 율법의 질서 속에서 전에 없던 평화와 안락
을 누렸다. 그리고 사람들의 마음은 묵시적 세계의 도래
에 대한 든든한 믿음 속에서 낙원의 평안한 행복감을 조

금이나마 미리 맛볼 수 있었다.

그러나 좋은 시절은 오래 가지 않았다. 언제부터인지 진인님의 보석 생산량이 현격히 떨어지기 시작하더니 근래에는 아예 생산이 중단되었기 때문이다. 보석 생산량이 줄어들면서 놀랍게도 진인님의 몸은 점차 석화되어 갔다. 석화되어 커다란 바위 덩어리로 변해 버렸다. 그리고 마침내 껍데기만 거대한 무슨 갑각류처럼 진인님은 지렁이가 기어들어간 듯한, 바위에 난 한 줄기 아주 가늘고 깊은 구멍 속에서 모기소리만한 소리를 질러 겨우 말을 주고받았다. 사람들은 밤낮없이 신전의 그 바위 앞에 엎드려 기도하고 주문을 외우고 통곡하였다. 그러나 진인님의 말소리는 점점 희미해질 뿐이었다.

마지막으로 진인님은 모기소리보다 더 작은 소리로 이렇게 말했다.

"나는 지금 영생불사의 문턱을 넘고 있다. 이제부터 너희들은 율법과 계율을 잘 준수하고 이 신전의 내 앞에서 끊임없이 기도하고 주문을 외워야 한다. 그래서 너희들 스스로 옴비라 신의 계시와 은총을 받아라. 무엇보다 중요한 것은 그동안 익혀 온 진언 주문을 한 자도 틀리

지 말고 일심으로 외워야 한다. 그래야만 옴비라 신의
권능으로 너희들 스스로 기적을 행할 수 있다. 그런데
참 걱정이구나. 아직도 누구 하나 진언 주문을 완전히
외우는 사람이 없으니 말이다. 그러니 이제부터 너희들
은 다 같이 여기 모여서 주문을 한 구절씩 같이 외우며
서로 틀린 구절을 바로 잡아 가거라. 나는 언제나 여기
이 자리에서 너희들을 지켜볼 것이다."
　진인님은 기괴한 형상의 완연한 바위가 되어버렸다.
　그리고 침묵을 지켰다.
　마을은 일시에 검은 구름으로 덮이고 두려움은 한없이
부풀어 갔다.
　무엇보다 시급히 해결해야 할 일은 주문을 완전히 외
우는 일뿐이었다. 그래서 날마다 신전에 모여서 사람들
은 주문을 외우며 바로 잡아 나갔다. 그러나 주문이 너
무 긴 데다가 도무지 진언의 말뜻을 모르니 제대로 기억
될 리 없고, 그러니 사람마다 들쑥날쑥 제 뜻대로 외우
는 통에 주문이 본래의 그 모습을 찾기까지는 결코 쉬운
일이 아니었다. 그러나 옴비라 신을 향한 그들의 굳은
믿음은 결국 우여곡절 끝에 주문을 본래대로 복원하는

데까지 이르렀다. 그런데 문제는 완전히 끝난 것이 아니었다. 왜냐하면 다 같이 주문을 합송하다가 아무도 미처 깨닫지 못했던 점을 발견했기 때문이었다.

주문의 중간쯤에 있는 한 구절이 문제였다. 〈옴소마니 소마니 훔하리한나 하리한나 다나야훔 다(아)나야혹 바암바라 훔바탁〉에서 〈다나야혹〉이 맞는 것인지 아니면 〈아나야혹〉이 맞는 것인지 도무지 갈피를 잡을 수 없었던 것이다. 아무리 머리를 쥐어짜고 밤낮으로 토론을 해 보아도 〈다나야혹〉을 주장하는 사람들과 〈아나야혹〉을 주장하는 사람들이 각기 자신들이 옳다는 신념만 점점 굳혀갈 뿐 해결의 실마리는 보이지 않았다.

결국 그들은 다나야파와 아나야파로 갈라진 채 각기 다른 주문을 외우며 따로 집회를 가질 수밖에 없는 지경이 되었다. 그리고 두 집단의 갈등과 반목은 커저만 갔다. 신통력이 생기지 않는 까닭과 모든 불행한 사태의 책임은 어김없이 상대편으로 돌려졌다. 날이 갈수록 옥죄이 오는 생활의 궁핍과 한 치 앞도 내다볼 수 없는 미래에 대한 두려움은 점차 상대편에 대한 극도의 증오와 살의를 키우며 코앞으로 다가오는 예정된 파국을 속수무책으로 기다리게 만들었다.

　공포의 가위눌림을 더 이상 견디어 낼 수 없는 사람들이 하나 둘 몰래 마을을 빠져나가는 것을 기화로 그동안 팽팽하게 소강상태를 유지하던 분위기는 일시에 광란의 소용돌이로 돌변했다. 모두가 피에 굶주린 아귀가 되어 밤낮으로 서로 죽이고 죽이는 끔찍한 살육전이 계속되었다.

　그들은 모두 그렇게 스스로 도륙되었다.

　그리고 이 지역은 긴 세월 인적이 끊어진 사막이 되었다.

　외눈이 마을 이야기는 여기서 끝난다. 〈척안동외기〉는 마지막으로 다음과 같은 매우 의미심장한 경전 구절을 덧붙이는 것으로 끝을 맺고 있다.

　경은 말한다. 지혜는 잡독이요 형체는 질곡이다. 깊고 고요한 도道는 이 때문에 아득히 멀어지고 환란은 이 때문에 일어난다. (經日 智爲雜毒 形爲桎梏 淵黙以之而遼 患亂以之而起)

오늘날 이 〈척안동외기〉의 기록을 어디까지 믿어야 할지 가늠하기는 쉽지 않다. 그리고 처음에는 좀 황당하다는 느낌을 가질 수밖에 없는 것도 사실이다. 그러나 고대에 갖가지 마법과 종교적 의식에서 치러졌던 인신공희나 끔찍한 신체훼손의 행위들이 얼마나 광범위하고 보편적이었던가 하는 것을 생각한다면 외눈이 마을에서 일어난 신체 일부의 공희의식이나 마법적 기적은 그렇게 해괴한 일로만 여겨지지는 않는다.

외눈이 마을에서 일어난 이 고대의 종교적 사건은 추측하건대 2세기 말에서 3세기 사이에 있었던 일이 아닌가 싶다. 왜냐하면 둔황 문헌이 4세기 전후에서 5세기, 그리고 8세기에서 11세기 사이에 기록된 것으로 추정되므로 이 사건은 최소한 4세기 이전일 것이라는 점이고, 게다가 〈척안동외기〉니는 표지의 비백 서체는 3세기 전후부디 제액이나 표지의 서체로 그게 유행했었다는 점 때문이다. 잘 알려진 바와 같이 2,3세기는 여러 종교들이 습합하거나 새로운 종교 사상이 발흥하고 종교적 인물이나 신비가들이 백가쟁명을 이루었던 시기이다. 그리고 새롭게 대두한 대승불교의 불전들이 왕성하게 결집되면서 그 결실을 맺는 시기이기도 하다.

　이러한 시대적 배경을 전제하고, 외눈이 마을 이야기에 보이는 흰두교의 수리야 신, 불교에서 전해지는 항마降魔 진언, 신전 안에 신상이 없었던 점 등을 얼기설기 엮어 보면 이야기에 나오는 옴비라 진인이라는 괴승은 아마도 바라문 계통의 한 인물이 아니었을까 하고 어렴풋이 짐작된다. 왜냐하면 아리안 계통의 바라문교가 토속 민간 신앙인 힌두교를 융합하고 불교의 영향을 수용하면서 3세기 경에 그 교파의 성립이 이루어지는데 그들은 일반적으로 신전에 신상을 두지 않았기 때문이다.

　어쨌거나 외눈이 마을 이야기는 그 사건 자체의 끔찍함에서라기보다 끔찍한 인간성의 한 비의를 보여주는 것 같다는 점에서 매우 충격적이다.

　이러매 내가 노래한다.

　무명無明의 어둠 속에서 두 눈을 뜨니
　문득 한 줄기 바람이 일고
　바람이 일어나 흔드니

온갖 바람의 형상들이 생기는도다
살과 뼈에 갇힌 그대여
네가 바라보는 모든 것들이
이제는 살과 뼈에 갇혀 있구나
육추六麤*의 구멍 속에서 숨 쉬는 그대여
네 마음의 곳간 가득히
온 세상의 지식이 쌓이면 쌓일수록
지식 밖의 무지의 영토는 더욱 넓어지고
네 굳은 믿음의 지층에서 채굴하는
보석들이 눈부시게 빛나면 빛날수록
너는 캄캄한 바위로 굳어지는도다
외눈이로 건공중을 바이없이 헤매 도는 그대여
아는 것이 없으면 모르는 것도 없다 하느니
네 마음의 곳간마다 가득한
지식과 보석은 모래를 낳고
모래는 끝없이 번식하여 사막을 이루는도다
사막의 신기루는 네 마음이 세웠느니
바람이 물결 짓는 마음을
이제는 고요히 잠재워야 하리라

그 고요의 맑은 거울을 보아야 하리라.

* 육추: 대승기신론大乘起信論의 용어. 무명으로부터 비롯되는 앎과
  업고의 6가지 상相.

그 짐승

이 무슨 대낮에 난데없이 낮도깨비가 튀어나와 애들 앞에서 재주넘는 일이란 말인가. 참으로 어처구니가 없는 일이었다. 어처구니가 없기는 하지만 그렇다고 그저 입만 벌리고 앉아있을 수만도 없는 일이었다. 어렴풋이나마 아주 불길한 재앙의 조짐이 어디선가 솔솔 피어나고 있음이 역력해 보였다. 사람들은 너나할 것 없이 안절부절 뒤숭숭한 마음에 그저 손부채질이나 해대고 있을 수밖에는 없었다.

이 해괴한 사태가 맨 처음에 그 싹을 뽀조롬히 내밀었을 때만 해도 사람들은 그저 심심한 차에 참 별 희한한 일도 다 있네 하는 정도로 재미있어 했다.

그 싹은 이렇다.

K시의 변두리 야산 자락의 작은 사슴 농장 주인이 어느 날 산에 올라갔다가 아주 이상하게 생긴 짐승 한 마리를 잡았다. 농장 주인은 무슨 구조조정인지 무엇인지 하는 바람에 다니던 은행을 조기 퇴직한 중년의 사내였다. 그날 사내는 사슴이 좋아하는 풀이나 잎 덩굴을 한 동 좋이 뭉뚱그려 등짐을 하고 산길을 내려오고 있었다. 그런데 뒤에서 자꾸 무슨 기척이 있는 것 같아 이따금

뒤돌아보곤 했는데 그때마다 보이는 것은 아무것도 없었다. 그런데도 자기 발자국을 따라 붙어서 무엇인가 뒤쫓고 있다는 느낌을 떨칠 수가 없어서 여러 번을 참고 걷다가 다시 한 번 얼른 뒤를 돌아보았다.

거기 그 짐승이 그를 바라보고 서 있었다. 온 몸이 한 순간에 얼어붙는 듯한 섬찟한 기운이 머리끝에서부터 발끝까지 뻗쳤다. 이게 도대체 무슨 짐승이란 말인가. 중개만한 크기인데 그 모양이 너무나 기괴망측하고 야릇해서 일시에 머리가 백짓장처럼 하얘졌다. 우두망찰하고 바라만 보았다. 이 세상의 온갖 짐승이란 짐승을 한 몸에 다 뒤버무려 놓은 것 같기도 하고, 생물이 아니라 무슨 고사목 등치나 바위 같기도 해서 도무지 종잡을 수가 없는 모습이었다. 게다가 오만 기가 턱 막힐 일은 보면 볼수록 아니 눈을 씻고 순간순간 보면 볼 때마다 그것은 신통한 둔갑술이나 하는 듯이 갖가지로 달리 보였다.

고슴도치마냥 머리끝까지 쭈뼛 선 채 작대기를 휘두르고 고함을 치며 몇 번이고 쫓아 보았지만 쫓으면 쫓은 만큼 물러가서 그가 다시 뒤돌아 걷기를 그 짐승은 기다렸다. 그러다가 이미 호기심도 참을 수 없을 만큼 마음의 여유도 생기게 되고 무엇보다 그 짐승이 무엇을 해칠 것 같지는 않다는 믿음도 버팀목이 되어 주었다. 그래서 막연하나마 그것이 가져다 줄 어떤 행운 같은 것이 있을지도 모른다는 기대감도 슬그머니 생기는지라 그는 뒤돌아 걸으며 그것을 슬슬 유인해 보았다. 그가 걷는 대로 그 짐승도 그의 발자국을 따라 쫓아 왔다.

그가 집에 도착했을 때 사람들은 그를 졸졸 따라오는 그 짐승을 보고 그야말로 기절초풍했다. 그는 집 안 사람들을 안심시키며 몇 마디 짧게 설명한 뒤 그 짐승을 높고 튼튼한 쇠울타리를 친 사슴 우리로 몰아 넣었다. 그리고 문단속을 단단히 해 두었다.

소문은 금세 퍼졌다. 먼저 인동 사람들이 만 일을 제쳐두고 그 짐승을 보기 위해 사슴 농장으로 모여 들었다. 그 짐승을 친견하는 사람들의 첫 반응도 참 오방색으로 갖가지였다. 거의 사색이 되어 경직된 듯 땅바닥에 붙박히는 사람, 괴성을 지르며 뒷걸음치는 사람, 흘린 듯 바라보다 엉엉 우는 사람, 말도 못하고 그저 히죽히죽 웃기만 하는 사람, 오만 상을 찌푸린 채 넋이 빠져 있는 사람.

　이윽고 제 정신을 찾은 사람들이 한결 늘처직해진 마음으로 여유롭게 한마디씩 던지기 시작했다. 그것 참 꼭 개구리 같이 생겼다, 기린 새끼 같이 생겼다, 석상으로 본 해태 같다, 생선으로 치면 꼭 삼세기 같다, 아니 도치 같다, 무슨 흙덩이를 주물러 놓은 것 같다, 꿈에서 본 듯한 괴물 같다, 알록달록 꽃 덤불 같다 등등 그야말로 제 눈에 비치는 대로 거품이 꺼지는 소리들을 해 대었다.

　그렇게 한참 동안 북새통을 떨다가 어느 새 사람들은 점점 입을 다물기 시작했다. 무슨 냄새 같기도 하고 딱히 보려고 들면 보이지도 않는 이내 같은 낌새가, 마치 아슴하게 다가오는 불길한 그리메 같은 것이 공기 중에 떠도는 것처럼 느껴졌기 때문이었다.

　그러고 보니 경황실색하여 부산을 떨다가 놓친 이상한 점이 한두 가지 짚여졌다. 그 짐승은 우리의 한쪽 그늘에 꼼짝하지 않고 얌전히 앉아 있었다. 그동안 사람들이 더러 긴 막대기로 위협하며 건드려 보기도 하고, 괴성을 지르며 돌멩이를 던져 맞히기도 했는데 그것은 미동도 하지 않은 채 아무 소리도 내지 않았던 것이다.

조용한 짐승.

그것은 실물이 아니라 무슨 그림자이거나 사람들이 그런 것이거니 하고 믿고 보는 헛것인 것만 같았다.

그리고 공중에 떠도는 듯한 그 불길한 그리메가 갑자기 제 모습을 나타낸 것처럼 사람들이 동시에 화들짝 놀란 것은 우리 안에서 잔뜩 겁을 먹은 눈으로 사람들을 보면서 화려한 보신용 녹용을 이따금 흔들어 보이는 사슴들은 정작 그 짐승이 전혀 보이지 않는 것처럼 행동했기 때문이었다. 사슴은 그 짐승이 거기에 아예 없는 것처럼 지나가다가 발에 무엇이 걸린 듯 곱게 넘어갈 뿐 그 짐승은 거들떠보지도 않았던 것이다. 그제서야 가랑잎이 굴러가거나 쉬파리만 날아가도 일쑤 짖어 대던 농장의 개조차 그 짐승을 보거나 단 한 번도 짖어 대지 않았다는 것에 생각이 미쳤다. 분명히 짐승들한테는 그 짐승이 보이지 않는 모양이었다.

이 무슨 괴이하고도 해괴망측한 일이란 말인가.

사람들은 냄새처럼 풍기는 그 알 수 없는 불길한 낌새를 입 밖으로 자칫 꺼내면 큰일 날세라 안으로만 다지며 그것을 애써 덮으려는 듯, 그것 참 백여우 조상 귀신인지 둔갑술 한번 희한하네, 아마도 하늘이 신물을 보낸 것 같으니 이참에 복권이나 한 장 사야겠네 등등 희떠운 소리들을 맥없이 흘렸다. 그리고는 실실 흩어졌다.

예나 제나 발 없는 말이 천리 방방곡곡을 들쑤시고 다니는 것은 정한 이치여서 그 기묘한 짐승을 한번이라도 보려는 사람들이 곳곳에서 서둘러 몰려들었다. 중앙과 지방의 이름도 다 꿰기 힘든 신문 잡지의 기자들이 카메라를 메고 몰려오고 각 방송국에서는 촬영 장비를 이끌고 닥쳐들었다. 물론 생물학자, 동물학자, 환경 생태학자, 심리학자, 사회학자 그리고 수많은 직종의 전문가들이 빠지지 않고 찾아왔다.

그 짐승에 대한 무수한 말들이 오가고 오가다 부딪치고, 또 끊임없이 새로운 이야기들이 만들어지고 왜곡되어 전파로 활자로 붕붕거리며 흩어졌다. 그야말로 북새통에 말벌통을 던져놓고 불을 지른 꼴이었다.

그런데 전국 규모로 전 국민이 귀신에 홀린 꼴이 되어 한꺼번에 대경실색한 것은 바로 그 짐승에 대한 보도가 전파를 타고 나가는 순간이었다. 생생한 현장의 TV 영상 속 어디에도 그 기묘한 짐승은 꼬리의 터럭조차 보이지 않았다. 높고 튼튼한 쇠울타리 안에 있는 사슴들과 한쪽에 쌓인 사슴의 똥 무더기와 풀 더미, 그리고 울타리 밖에서 웅성거리는 수많은 사람들과 여기저기 촬영하는 기자들만 청맹과니 같은 화면에 덩그러니 비치고 있었다. 정작 보일 것은 보이지 않는 청맹과니 같은 화면에서 그 짐승에 대한 갖가지 취재 내용을 보도하는 기자의 들뜬 목소리만 참으로 생뚱한 맹물이 되어 흘러나오고 있었다.

TV 영상뿐만이 아니었다. 각 신문사 잡지사 할 것 없이 그 짐승을 촬영했던 모든 필름 속에는 애당초 현장에 그 짐승은 없었던 듯 여타의 피사체들만 그럴 듯한 구도 속에 선명하게 남아 있었다.

날벼락도 유만부동이지 이 무슨 어이사니없는 꼴이란 말인가. 촬영을 한 사람들은 물론이고 제 두 눈을 번히 뜨고 현장에서 구경을 했던 사람들 모두가 아무리 꿈이 아닌지 제 살을 꼬집어보고 이리저리 자반뒤집기를 해보아도 도무지 알 수 없는 일이기는 매한가지였다.

그들은 어떻게 하든 제 정신을 찾아보려고 다시 사슴 농장으로 다투어 몰려갔다.

농장은 벌써 지난번보다 더 많은 촬영객들과 구경꾼들이 모여 북새통을 이루고 있었다. 그런데 반드시 있어야만 되는 그 짐승은 보이지 않았다. 그야말로 산천과 구경꾼은 의구한데 그 짐승은 간 데 없는 꼴이었다. 방송으로 신문으로 그 짐승에 대한 보도가 나간 바로 그날 밤 그것은 감쪽같이 사라졌다는 것이다. 사슴 우리의 쇠울타리도 우리를 덮고 있던 그물망도 예대로 의연한데 거짓말처럼 그 짐승만 흔적도 없이 사라져 버렸다는 것이다.

사람들은 어안이 벙벙한 채 유구무언으로 서로의 얼굴만 멀뚱히 바라볼 뿐이었다. 과연 그 짐승이 존재했었던 것인지 그리고 자신들이 그것을 보았던 것이 분명한 사실인지 아닌지 도무지 갈피가 잡히지 않았다. 그것이 분명히 존재했었다고 말하자니 천지에 터럭 하나 증거가 없고, 자신들이 분명히 보았다고 말하자니 사람마다 백인백색으로 그 짐승을 묘사하는 통에 스스로도 자신 있게 말할 수 없는 지경이 되어버렸다.

각설 막설하고 이 해괴한 사태는 그야말로 한 때의 일장춘몽이요 남가일몽이요 한단지몽에 노생지몽이 되고 말았다. 불가에서는 제 허망한 욕망에 따라 있지도 않은 것을 마음속에서 말로 만들어 사량하고 분별하며 마치 있는 것처럼 집착하는 것을 계명자상(計名字相)이라 한다 더니 바로 이런 것을 두고 이르는 것일지도 모를 일이었다. 어쨌거나 집단최면이란 것이 있으니 한 때의 집단망상도 있을 것이고 집단환시나 집단환청도 없을 수는 없는 법이라고 속으로 되뇌면서 사람들은 문밖으로 나가 있는 제 정신들을 가까스로 불러들일 수밖에 없었다.

여기까지가 이미 말한 바와 같이 재미있어 할 수도 있는 이 해괴한 사태의 싹이라면 싹이라 할 수 있겠다.
그런데 이 세상에 처음부터 없었던 것이 돌연 있게 되는 일이란 없는 법이다. 뿌리지 않은 씨앗에서 싹이 나올 수 없고, 있는 싹에서 개화결실이 있을 수 없는 것은 만고불변의 이치다. 이 해괴한 사태의 야단법석이 잠잠해지고 사람들의 기억에서 그것이 희미해졌다고 해서 있었던 싹이 아예 없어졌다고 하기에는 아직 이른 것이다. 그 싹은 사람이 볼 수 있는 가시권 밖에서 그리고 사람이 알 수 있는 가지계(可知界) 밖에서 그 개화결실을 준비하는 시간이 필요했던 것이다.

　얼마 뒤에 과연 그 싹은 첫 개화를 하게 되는데 맨 처음에 그 짐승을 잡아 온 사슴 농장의 주인이 바로 그 기묘한 꽃의 주인공이 되었다. 멀쩡하던 사람이 어느 날 갑자기 미쳐버린 것이다. 미쳐도 예사롭게 미친 것이 아니라 듣도 보도 못해본 증상을 보이면서 미쳐버린 것이다.

　그날도 그는 여느 때처럼 사슴 먹이로 쓸 푸나무 한 짐을 짊어지고 집으로 돌아왔다. 점심때가 좀 겨운 때였다. 그는 채 짐을 내려놓기도 전에 부엌에서 일하고 있는 아내를 향해 소리를 질렀다.

　"해라 돌도 파고 바람 불어."

　아내는 무슨 소리인지 잘 알아듣지도 못한 채 남편이 이제 왔나보다 하고 하던 일을 계속했다. 그가 사슴 우리에 푸나무 짐을 흩뿌려 준 다음 집으로 들어오면서 다시 큰 소리로 아내에게 말을 하였다.

　"나무 해가 울지 마라고 흙이 흙이 푸니 애들이야."

　그제서야 아내가 밖을 내다보면서 물었다.

　"뭐라고요? 뭐가 어쨌다고요?"

　그가 아내한테 다가가면서 다시 큰 소리로 말했다.

"돌도 밖에 갈대가 솔잎 찢어 놀고 있다니까."

"아니, 이 양반이 갑자기 미쳤나. 도대체 그게 무슨 소리야? 여보 무슨 말이야 그게?"

두 사람은 한참을 이런 식으로 실랑이를 하면서 점점 다급해진 목소리로 고함을 질렀다. 마치 화성인과 지구인의 대화처럼 처음부터 말은 서로에게 무의미한 소리로만 들렸다. 아내는 가슴이 덜컥 내려앉으면서 등골로 식은땀이 흘렀다. 드디어 올 것이 오고 말았나보다, 아이고 이를 어쩔꼬, 그 놈의 짐승이 기어이 일을 내는구만, 하고 아내는 넋 빠진 표정을 하고 남편을 멍하니 바라보았다. 다리가 후들거리며 온 몸의 피가 싹 가시는 듯했다.

그런 아내를 성난 표정으로 바라보던 그가 갑자기 거칠게 아내를 내밀치면서 부엌으로 달려갔다. 그리고 허겁지겁 밥이야 반찬이야 먹을 것을 대강 챙겨서 먹기 시작했다. 그러고 보니 귀신이 딸국질하는 소리 같은 그 알아들을 수 없는 말들은, 배고프니 빨리 밥이나 딜라, 귀가 처먹었나, 내 말 안 들려, 정도의 뜻이었던가 보았다.

밥을 다 먹고 나더니 아직도 망연자실하여 부엌 한 쪽

에 쪼그리고 앉아서 남편을 바라보고 있는 아내를 향해
그는 다시 한 번 그 알아들을 수 없는 말을 씨부렁거리
며 제 방으로 화난 듯이 씩씩거리고 들어갔다.

　망측하게시리 일은 이렇게 시작되었다. 도무지 말이
통하지 않았다. 그리고 전에 없이 사흘 굶은 걸신처럼 게
걸스러웠고 무슨 일에나 허겁지겁 헐레벌떡 달려들어 기
갈을 풀 듯이 헤치웠으나 영 턱도 없이 양이 차지 않는지
늘 불만스러운 표정으로 오만 상을 찌푸리고 다니며 신
경질을 부렸다. 그러다 보니 날마다 고함소리와 울음소
리가 그치지 않았고, 그릇이 깨지고 가재도구가 나뒹굴
고 이웃들과 멱살잡이로 다투는 일이 나날이 더해갔다.

　구슬도 꿰어야 보배라는데, 말이 한번 흩어져버리자
그것들을 제 자리에 다시 꿰어 넣지 못하고 원래 꿰어져
있던 정상의 테두리 밖에서 그 혼자 헤매고 있었다. 그
가 하는 말이란 것이 말소리 따로 말뜻 따로 제멋대로인
것이었다. 말소리와 말뜻이 따로따로 떠돌다가 우연히
만나 손을 잡고 튀어나오는 듯했다. 예컨대 밥을 어느
때 돌멩이라고 했다면 다음에는 그것이 개똥으로 둔갑
하는 식이었다.

밥이 돌멩이로, 돌멩이에서 개똥으로, 개똥에서 또 분꽃으로 자꾸 둔갑하는 것을 보면 그 밥이란 것도 실은 밥만이 아니라 우리가 알 수 없는 그 무엇이 둔갑하여 나타난 것이 아닌가 싶었다. 말하자면 그가 말하고자 하는 속뜻은 밥 너머에 있는 그 무엇인데, 그 무엇이 딱 잡히지 않는 오리무중이어서 우선 급한 대로 밥으로 둔갑하고 또 그 밥이 밥만이 아닌 까닭에 자꾸 다른 것으로 둔갑하는 것이 아닌가 싶었다. 그러나 밥 너머에 있는 그 무엇이 도대체 무엇인지 알 수가 없으니 답답한 노릇이었다.

또 한편으로 그에게는 밥이 밥 같지 않고 돌멩이가 돌멩이 같지 않고 개똥이 개똥 같지 않아서 그렇게 말 둔갑이 일어나는 것 같기도 했다. 어쨌든 사람이 밥을 먹고 산다고는 하지만 징녕 말을 먹고 사는 것이 사람이란 말이 실로 맞는 말이었다. 그러나 아무리 말을 먹고 먹어도 배가 부르지 않으니 그것이 탈이었다.

결국 그는 정신병원에 수용되었다. 그런데 그 한 사람으로 이러한 괴악망측한 사태가 끝나는 것이 아니었다. 그가 정신병원에 수용된 뒤부터 인근 여기저기서 그와

똑같은 미친 사람들이 마치 비 온 뒤 죽순들이 사방에서
소리없이 뾰족뾰족 솟듯이 생겨났다. 어떤 사람은 지나
가던 고양이를 보고 있는데 갑자기 그것이 그 기묘한 짐
승으로 둔갑하더라는 것이다. 그리고는 며칠 뒤 그 사람
은 그 괴악한 정신병이 도졌다. 미친 사람마다 갖가지
짐승과 가축이 그 둔갑하는 짐승으로 변하는 것을 보고
는 속절없이 끔찍한 재앙을 당했다.

　이 말도 안 되는 난리통에 어느새 누가 지었는지 사람
들은 이렇게 미친 사람들을 〈언둔갑言遁甲이〉라고 불렀
다. 언필칭 언둔갑이라 하니 딴은 그럴 듯한 작명이었
다. 온갖 것으로 둔갑하는 그 짐승을 보고 발병하여 말을
가지고 둔갑을 하니 그런 이름이 생겨날 법도 하였다.

　어쨌거나 불치의 돌림병이 휩쓸듯이 언둔갑 병에 걸린
언둔갑이들이 곳곳에서 날뛰자 세상은 마치 아궁이에
대나무를 다발로 불 지피며 냄비에 날콩을 볶아대듯이
시끌사끌하고 어수선해졌다. 사람들은 모두 전전긍긍
어찌할 바를 몰랐다. 언둔갑이가 생긴 집 사람들은 말할
것 없거니와 아직 요행히 그 재앙에서 벗어난 사람들도
언제 그 놈의 과녁이 될지 알 수가 없는 일이어서 하루

하루가 안절부절 도시 사는 것이 사는 것이 아니었다.

정신병원이 더 이상 수용할 수 없을 정도로 넘쳐나자 당국은 임시 수용소를 급조하여 언둔갑이들을 수용하기 시작하였다. 그리고 언둔갑 병 발생 초기부터 정신과 의사, 언어심리학자, 사회학자 등 여러 전문가들로 구성된 조사위원회에서는 그동안 언둔갑이들을 면밀히 관찰하고 분석한 일단의 결과를 발표하였다. 그런데 그 발표란 것이 고작 다음과 같은 일견 심오하게 들리기도 하나 결국은 알쏭달쏭한 말들의 꿰맞춤이었다.

첫째, 언둔갑 병의 원인은 아직 자세히 밝혀지지는 않았으나 개인적 소인과 사회적 소인이 함께 작용했을 것으로 추정된다. 그리고 그러한 소인들이 근원적으로 생명 현상과 인간성에 뿌리를 박고 있는 매우 고태적인 현상 같다. 둘째, 언둔갑이들의 종잡을 수 없는 말을 아직은 다 알 수는 없지만 무의미한 듯한 그들의 말은 모두 어떤 공통적인 배후의 속뜻을 가지고 있는 것 같고 발병의 원인도 공통적인 사회적 억압 같은 그 무엇이 있는 것 같다. 셋째, 지금으로서는 무엇보다 마음을 동요하지 말고 침착하게 그리고 인내심을 가지고 일상의 생업에

전념하는 것이 이 병을 멀리하는 길인 것 같다.

이것이 하나마나한 발표문의 전부였다. 모두 추정된다거나 뭐뭐한 것 같다는 말이었다. 전문가들조차 확신도 가지 않고 알 수가 없다는 말을 과연 누가 믿을 수 있다는 말인가.

더 이상 속수무책으로 방관할 수만은 없게 되자 드디어 당국은 경황 중에 결단을 내렸다. 늘상 하던 방식으로 언둔갑 병이 발생한 지역을 중심으로 반경 4 킬로미터에 방역망을 설치하고 사람은 물론 모든 생물의 출입을 엄격히 통제하였다. 그리고 우선 그 방역망 내의 지역에 있는 모든 가축과 짐승들을 도살하여 땅속 깊이 매몰하였다. 피비린내가 이웃 지역까지 풍기는 듯했다. 실증도 되지 않은 그 짐승 때문에 애먼 뭇 짐승들이 사람 대신 떼죽음을 당한 꼴이었다.

그러나 정신병에 무슨 방역망과 출입 통제가 당키나 한 말인가. 이와 같은 화급한 미봉책을 비웃기나 하는 듯이 시간이 지나면서 언둔갑이들은 전국적으로 여기저기 나타나기 시작했다. 참으로 언어도단이요 불립문자의 지경으로 사태는 치닫는 듯했다.

　다급하다 못해 화급해지면 신발을 거꾸로 꿰어 신고도 내달을 수 있고 쫓기는 까투리 같이 가랑잎 몇 장에도 머리를 쑤셔 박고 숨을 수 있는 법이다. 사람들은 이제 지푸라기라도 잡는 심정으로 우선 제 집에서 키우던 개, 고양이, 닭, 돼지, 소 등을 닥치는 대로 도살하여 땅 속 깊이 묻기 시작했다. 이렇게 되고 보니 대형 축산 농가들만 울상이 되어 안절부절 이웃들의 눈치만을 살피며 하루하루 소태를 씹어야 하는 신세로 전락해 버렸다. 방방곡곡이 아비초열 지옥이 되고 규환 지옥이 되어 짐승들의 피비린내와 단말마의 신음소리가 그치지 않았다.

　당국도 이제는 방역망을 전국으로 확대할 수도 없고 전국의 짐승들을 모조리 몰살시킬 수도 없어 진퇴양난의 빈 가마솥에 그저 군불만 지피고 있을 수밖에 없는 꼴이 되고 말있다. 그런데 설상가상이 되는 쪽도 있고 설상가양雪上加陽이 되는 쪽도 있겠지만 언둔갑이가 꼭 길 짐승만 보고 발병하는 것이 아니고 날짐승이나 큰 나무를 보고 벼을 당할 뿐만 아니라 심지어는 두 발로 건는 사람 짐승을 보고도 발병한다는 사실이 알려졌다.

　그러면 그렇지 어찌 짐승 중에 짐승이랄 수 있는 사람

만 빼어 놓고 그런 변고가 생길 수 있겠는가 싶은 것이었다. 애먼 짐승들만 죽이는 꼴은 마치 소풍 나간 돼지 몇 마리가 서로 돌아가며 숫자를 헤아려 보는데 자기 자신은 빼어 놓고 셈을 했던 고로 아무리 세어 보아도 숫자가 맞지 않아 골통을 쥐어짜더라는 꼴 풍경과 무엇이 다르겠는가 싶은 것이었다. 그러니 이제는 엎친 데 덮친 격으로 사태가 팥죽에 쇠죽을 엎어 놓은 꼴이 되어서 도무지 어디서부터 갈피를 풀어야 할지 그저 아득하고 묘연하기만 할 뿐이었다.

사람들은 이제 하늘만 바라보았다.

언둔갑이들은 곳곳에서 날뛰고 싸우고 터지고 이리저리 쫓고 쫓겼다.

그렇게 넋이 빠진 세상에도 어수선한 대로 시간은 흘러갔다.

정신병이든 돌림병이든 한 번 일어난 것은 언젠가 스러지는 것이 정한 이치. 계절이 바뀌면서 요행히 언둔갑 병은 뜸해지더니 종내는 꼬리를 감추고 완전히 물러갔다.

사람은 꼭 살려고 해서 사는 것도 아니고 그렇다고 해

서 저절로 살아지는 것도 아니다. 그렇게 저렇게 살기 마련이고 살다보면 세월 가고 좋은 봄날이 되어 끔찍한 옛일도 그저 그랬더니라 정도의 얄궂고도 곰살궂은 정감으로 다가올 수도 있는 법이다.

그래서 사람들은 다시 궤도를 타는 일상생활 속으로 몰입되었다.

그러나 사려 깊은 늙은이들은 그 괴악한 병마가 사람들의 가시권 밖 어느 피안에서 때를 기다리고 있다가 언젠가는 또 다른 모습으로 둔갑하여 나타날지 모르는 일이라고 걱정들을 하고 한숨을 쉬었다.

하늘 아래 있는 것 치고 새로운 것은 하나도 없으며 동시에 예대로 있는 것 또한 하나도 없다고 하니, 과연 그 짐승과 언듀갑 병 또한 예대로 있기도 하고 다시 새롭게 나타나기도 할 것이었다.

이러매 내가 노래한다.

어둠이 낳고 기른 그 짐승을
실은 없는 그 짐승을

어둠 속에서 나는 보았다
없으므로 더욱 힘이 세고
온갖 형상으로 있게 되는 그 짐승을
인생의 황혼녘에 나는 만났다
돌아보니 길고 긴 세월을 헤매었구나
어두운 가시덤불 숲길에서
눈먼 세월 온 몸에 단근질하고
눈비 내리는 들판 길 수렁에 빠지면서
맨몸 네 발로 예까지 기어왔구나
어찌하여 나는 어둠 속에서 눈을 뜨고
말의 창틀로 세상을 내다보기 시작했던가
촘촘한 말의 그물에 갇혀
평생을 청맹과니로 떠돌아야 했던가
눈에 보이고 귀에 들리는 것 모두가
스스로 번식하는 저 말의 그물조차
그 짐승의 꿈같은 장난이었고
나 또한 그 짐승의 충직한 노예였구나
불을 켠 도깨비의 눈알처럼
붉은 해는 수평선에 걸려 있고

바다는 와, 와, 와, 함성을 지르면서
수많은 짐승 떼를 몰고 오고 몰고 오지만
찢어진 그물을 하늬바람에 펄럭이며
아, 나는 이제 미쳐버렸는가
처음부터 바다는 고요한 무덤이었으니
어둠 속에서 눈을 감고
그 무덤 속으로 침몰하라
아니 한 개 돌멩이 속으로 입적하라
아니 지푸라기 속으로 입적하라
어디로 달려가도 큰 허공이 있고
밝은 허공 어디에도
그 짐승은 그림자도 보이지 않으니
이제 나는 찢어진 그물을 기워
다시 바다에 나가리라
고요한 무덤에 바람이 불고 물결이 일면
그 짐승이 그물질하는 것을 바라보리라
그물 속 비늘도 눈부신 고기를 보며
그 짐승이 하얗게 이빨을 드러내고
환히 웃는 모습을 바라보리라.

바람과 그늘

오달삼 씨는 섬뜩한 꿈에 외마디 소리를 내지르며 잠이 깨었다. 얼굴만 빼꼼히 내놓은 채 머리 뒷부분이 온통 흙 속에 묻힌 듯이 뒷골이 무겁고 지끈거렸다.

눈두덩 속이 불그레한 것으로 보아서 날은 벌써 밝은 듯했다. 오늘까지는 무슨 일이 있어도 다음 달치 특집기사 원고를 넘겨야 한다.

눈을 떴다.

「어?」

하숙방이 아니었다. 그는 벌떡 상반신을 일으켰다. 도대체 어떻게 된 것일까. 눈을 크게 뜨고서 낯선 방을 두리번거리는데 방문 열리는 소리가 들렸다.

「구열이 아직도 안 일어났냐.」

방안에 들어선 사람은 생전 처음 보는 초로의 부인네였다. 잘 개켜진 속옷가지와 흰 와이셔츠를 손에 든 채 그 여자는 딱하다는 표정으로 그를 빤히 바라보았다. 얼결에 그는 엉덩이짓으로 뒤쳐 앉으며 말을 더듬었다.

「구열이가…… 아니 도대체 여기가 어데지요. 그리고 아주머니는……」

「너 아직도 술이 덜 깨었구나. 그렇게 인사불성으로

취해 왔으니 에미도 몰라볼 만허지. 그나저나 큰일 치룰 날도 며칠 남지 않은 사람이 이렇게 정신머리가 없으니 원 쯧쯧. 어서 서둘러라 시간 늦것다.」

어머니라고 하는 그 생면부지의 여자가 빨랫감으로 보이는 것들을 주섬주섬 챙겨 가지고 나간 뒤에 그는 완전히 혼란에 빠져버렸다.

그러나 정작 그가 감전된 듯이 놀라서 한동안 넋이 빠진 채 꼼짝않고 서 있게 된 것은 책상 위에 흩어진 소지품과 지갑 속의 신분증들을 살펴보다가 벽에 걸려 있는 거울을 보고서였다.

그는 황당하게도 하룻밤 사이에 ㅂ중학교 교사인 박구열이라는 사내로 변신해 있었다. 거울 속에는 오 달삼의 창백한 얼굴 대신, 조금 전 신분증 사진에서 눈여겨보았던, 구레나룻 자리가 푸르스름한 썩 잘 생긴 얼굴의 사나이가 신중한 눈빛으로 그를 바라보고 있었다. 손등과 팔뚝에도 서양 사람처럼 보기좋게 곱슬거리는 털이 덮여 있었다.

그는 몇 번이나 머리를 세차게 흔들었다. 그리고 얼굴 가죽을 이리저리 당겨보고 눈을 질끈 감았다가 갑자기 크게 떠 보기도 했다. 거울 속에서는 난데없이 나타난, 짜장 그 내력을 알 수 없는 사나이가 비웃기라도 하는 듯이 그를 열심히 흉내내고 있었다.

그는 아직도 악몽을 꾸고 있는 것이라고 생각했다. 간밤의 어머니에 대한 섬뜩한 꿈으로부터 벗어나서 또 다른 꿈 속에 들어와 있는 것이 분명했다.

꿈 속의 어머니는 십여년 전 돌아가실 때의 모습 그대로였다. 희끄무레한 잿빛의 박명 속에서 몹시 여위고 지친 모습을 한 어머니는 그를 향해 손짓하면서 부르고 있었다.

그런데 이상한 것은 어머니를 꼭 만나 보아야 한다는 강박적이고 절실한 심정을 가지고 있으면서도 그 손짓하는 어머니를 등 뒤로 하고 반대 방향의 길을 한사코 걸어가는 것이었다. 길은 뒤로도 앞으로도 끝없이 멀리 뻗어 있었다.

눈을 들어 보니 멀리 앞 쪽에도 어머니가 서 있었다. 앞 쪽의 어머니는 뒤로 돌아가라고 그에게 내치는 손짓을 하고 있었다. 그러나 그는 계속 앞을 향해 걸어갔다. 가까스로 어머니가 서 있던 자리에 도달하고 보니 어머니는 온데간데 없고 그 자리에는 한 그루의 거대한 느티나무만 그늘을 드리우고 있었다.

느티나무의 그늘 속으로 들어서면서 그는 문득 자신의 몸무게가 날아갈 듯이 가벼워진다고 느꼈다. 그리고 좀 이상한 생각이 들어서 자신의 몸을 살펴보다가 그는 소스라치게 놀랐다.

하얀 소복을 한 어머니가 되어 그가 거기에 서 있었다. 온 몸을 쥐어짜는 외마디 소리를 내지르면서 그는 잠이 깨었다.

ㅂ중학교는 꽤 가파른 언덕길 위에 있었다. 그는 콧잔등에 땀기가 배어나는 것을 느끼면서 천천히 걸었다. 이따금 아이들이 그를 몇 번씩 바라보며 멈칫거리다가 인사를 하고는 앞질러 갔다.

그는 지금쯤 자기를 기다리고 있을 삽시사의 부장을 삼시 떠올려 보았나. 오늘까지 끝내기로 한 특집원고가 마음에 걸렸다.

그러나 지금은 어쩔 수 없는 일이었다. 학교에서 어떤 일이 벌어질지 예측할 수 없는 일이지만 일단 악몽이라

고 밖에는 할 수 없는 이 끔찍스런 박 구열의 현실에 부
딪쳐 보고 오후에 잡지사에 가서 문제 해결의 실마리를
찾아 보아도 늦지 않으리라고 생각했다.

그가 잔뜩 긴장을 해 가지고 교무실의 비어 있는 한 책
상을 향해서 걸어가는 동안 몇몇 사람들이 그에게 친근
한 눈빛을 건네면서 말을 던져 왔다.

「박 선생, 여러가지 준비하느라 바쁘시죠?」

「요즘 새살림 꿈자리 만드느라 정신없으시겠네.」

도시 무슨 말을 하고 있는지 짐작이 되지 않을 뿐만 아
니라 모두가 생전 처음 보는 낯선 사람들이었다. 마치
자기 혼자만 발가벗고 있는 느낌이었다.

박 구열 씨는 국어 선생이었다. 책꽂이에는 두어 종류
의 사전과 참고서 그리고 문제집 등이 가지런히 꽂혀 있
었다.

그는 책상 서랍 속의 물건들을 하나하나 꼼꼼히 살펴
보기 시작했다. 특별히 눈에 띄는 것은 없었다. 그는 서
랍 맨 밑에 놓여 있던 낡은 노트 하나를 집어 들었다. 짤
막한 단상들을 적어 놓은 것이었다. 천천히 한 장씩 넘
겨 보다가 그는 갑자기 얼굴색을 바꾸면서 얼어 붙은 듯

한 곳에 눈을 박았다.

존재와 생명은 낡았으면서도 동시에 새롭다. 그것은 마치 무수한 잔물결을 반짝이면서 흘러가는 강물과 같다.
그러나 사람들은 이 사실을 잊어버린지 오래다. 오늘날 사람들은 물건 다루기를 좋아한 나머지 물건이 아닌 것까지도 모두 동질적인 수와 양으로 산산히 조각내어 버렸다. 페히너의 심리물리학이 그 단적인 예다.
인간의 생명도 자아도 시간도 모두 파편화되었다. 사람들은 죽어버린 그 파편들을 마치 조립식 장난감처럼 이리저리 맞추어 보면서 노는 것에 정신이 팔려 있다. 사람들은 이제 스스로 그 파편이 되어 살기를 멈춘 것이다.
나는 살고 싶다. 옛사람들이 살던 고향이 그립다.

그는 이 문장을 글자 하나하나 곱씹듯이 몇 번이고 반복해서 읽었다. 거센 소용돌이의 한 점 중심 속으로 빨려 들어가는 것같은 현기증을 느끼면서 그는 잠시 눈을 감았다.
이것은 분명히 언젠가 그가 일기장에 적어 놓은 것이

었다.

그는 무엇에 홀린 사람처럼 눈동자의 촛점이 흐려진 채 알아들을 수 없는 말을 혼자 웅얼거렸다. 그러다가 수업을 알리는 신호가 울리자 갑자기 딴 사람이 된 것처럼 벌떡 자리에서 일어나더니 교재물을 주섬주섬 챙겨 들고 교무실을 나갔다.

그는 매우 서툰 듯하면서도 꽤 신중한 익숙함을 보이면서 해야 할 행동을 하나하나 찾아 나갔다. 그런 자신의 행동을 스스로 깨닫게 되자 그는 또 다시 한없는 미궁의 수렁 속으로 더 깊이 빠지고 있다는 느낌이 들었다.

갑자기 절박한 두려움이 엄습했다. 여기서 조금만 더 지체하다가는 영원히 이 악몽 속에서 빠져 나갈 수 없을 듯싶었다. 제 4교시를 알리는 신호가 울리자 그는 몽유병자처럼 허둥지둥 학교를 나왔다.

뒷골이 지끈거렸다. 도대체 나는 누구인가. 오 달삼인가, 아니면 박 구열인가. 아니 오 달삼인지 박 구열인지 묻고 있는 나는 도대체 무엇이란 말인가. 언젠가 본 적이 있는 심령영화에서처럼 두 사람의 영혼이 어떻게 잘못되어 바뀌기라도 했다는 것인가. 아니면 갑자기 전생의 기억이 되살아난 것인가. 어쨌든 잡지사에 가 보면 무슨 실마리든지 있을 것이다.

그는 혼잣소리를 중얼거리며 걷다가 마치 물에 빠진 사람이 지푸라기라도 잡은 것같이 아까 학교에서 받았던 웬 젊은 여자의 전화를 문득 떠올렸다.

「구열 씨, 저 미숙이예요. 무슨 일이라도 있으세요?」

「아니, 예, 저…… 저」

「왜 그러세요. 어쨌든 오늘 만나서 얘기해요. 이제 열흘밖에 안 남았잖아요. 같이 상의할 일이 한두 가지가 아녜요. 퇴근하고 여섯 시에 S호텔 커피숍에서 만나요. 시간 늦지 마세요.」

「예? 예……」

그는 애매하게 대꾸를 흘렸었다. 아까 학교에서 선생 몇이 기묘한 웃음을 섞어 가며 건네던 그 뜻보를 인삿말이 비로소 어렴풋이 짐작되었다. 빅구열이의 약혼사였구나. 어쨌든 이 여자도 만나 보자.

택시에서 내리자 그는 잡지사가 들어 있는 빌딩을 한동안 찬찬히 살펴보았다. 바로 어제까지 몇 년을 드나들었던 건물이 몹시 낯설어 보였다. 못 보던 간판들이 그

를 비웃듯이 햇볕에 반짝이고 있었고 건물 입구의 그늘
이 무슨 괴물의 아가리처럼 벌어져 있었다.

하룻밤 사이에 세상은 확실히 바뀌어져 있었다. 그는
선뜻 건물 안으로 들어서지를 못하고 멈칫거렸다. 사무
실을 찾아 간다는 것이 돌이킬 수 없는 파국을 향하여
스스로 한 걸음 한 걸음 다가서는 것처럼 느껴졌다.

그는 층계를 가능한 한 천천히 올라갔다.

만일 사무실에 진짜 오 달삼이가 있다면 그때는 어떻
게 할 것인가. 내가 진짜 당신이라고 주장해야 하는가.
당신이 박 구열 씨지요, 하고 대짜고짜로 추궁해 볼까.
정말로 두 사람의 영혼이 바뀌었다면 그냥 속수무책으
로 바뀐 채 살 수밖에 없는 것인가. 사무실 동료들이 과
연 내 말을 믿어 줄까.

사무실 문을 열고 들어갔을 때 그는 미처 문도 채 닫지
못하고 그만 망연자실하여 그 자리에 우뚝 서버렸다. 그
가 알고 있는 사무실이 아니었다. 온통 모든 것이 달라
져 있었다. 게다가 앉아있는 사람들조차도 모두가 처음
보는 사람들뿐이었다. 낯익은 듯해서 자세히 살펴보면
생소한 얼굴이었다.

그는 다급한 마음이 되어서 두리번거리며 오 달삼의
얼굴을 찾았다. 아무리 찾아보아도 그의 얼굴은 보이지
않았다. 그는 일시에 두 다리에서 힘이 빠져나가는 것을
느끼면서 입구 가까이에 앉아있는 안경 낀 사나이에게
다가갔다.

「실례합니다. 여기가 ㅅ잡지사 아닙니까?」

사내는 돗수높은 안경을 검지로 밀어올리면서 그를 올
려다 보았다.

「예, 맞습니다만 누구를 찾으시지요?」

「그렇다면 이 사무실에 무슨 일이 있었나요? 저, 말하
자면……여기 근무하던 직원들이 갑자기 다른 인원들로
교체되었다던가, 아니면 이 잡지사를 누가 새로이 인수
했다던가, 하여간 최근에 아니 하룻밤 사이에 무슨 일이
있었나요?」

그는 말을 하면서도 자기가 하고 있는 말이 도대체 말
이 안되는 소리라고 스스로 생각했다. 주위에 앉아있던
사람들이 그의 뚱딴지같은 말을 듣고 잔뜩 호기심어린
눈으로 그를 바라보았다.

「아니 지금 무슨 말씀을 하시는 거지요? 이 회사는 아

무 일도 없어요. 주인이 바뀐 일도 없고 대부분의 직원들도 그대롭니다. 그런데 도대체 무슨 용무로 오셨습니까?」

안경잽이 사내는 미간을 한껏 좁혀 가지고 수상쩍게 그를 바라보았다.

「혹시 그러면 어제까지 여기서 근무했던 오 달삼이라는 사람을 기억하십니까?」

이번에는 맞은편에서 그를 계속 관심있게 바라보던 좀 뚱뚱한 몸집의 사내가 말을 받았다.

「오 달삼 씨요? 그 사람 여기를 그만둔 지가 두어 해 지난 것같습니다. 원래가 말이 없던 사람이라 어디로 간다는 말도 없이 갑자기 그만두었는데, 그런데 그 사람과 무슨 일이 있습니까?」

그는 말을 잃고 얼빠진 사람처럼 멍청히 서 있었다.

그의 시선은 사무실 벽에 걸려있는 달력에 가 있었다. 1992년 10월. 가로 세로 똑같은 크기의 네모 칸 속에 아라비아 숫자들이 질서정연하게 도열하여 가물거렸다.

……하룻밤 사이에 몇 년이라는 세월이 뭉텅 잘려져 나가다니……그 달력이 가리키는 시간 밖으로 그는 너무나 멀리 자신이 튕겨져 나왔음을 알았다. 그리고 달력의

136

네모 칸 속의 시간 속으로 복귀하지 않는 한 그는 이제 박 구열이가 되어 살 수밖에 없다고 생각했다.

시간은 이미 너무나 어긋나 있었다.

사무실 건물을 벗어나서 길거리에 나오자 그는 순간 당황했다. 이제 어디로 가야 하는가. 하숙집에 찾아가 보았자 사무실에서 겪은 낭패를 반복할 것이 뻔했다. 앞으로 누구를 만나보거나 난데없이 허방을 디딘 듯한 그 어처구니없는 결과는 엇비슷할 것이었다.

그는 동기라고는 단 하나밖에 없는, 그리고 어쩌면 영원히 못 만나게 될지도 모르는, 미국에 가 있는 이복 누이의 얼굴을 잠시 떠올렸다.

그는 오 달삼 씨와 박 구열 씨 사이를 끊임없이 오락가락하느라 며칠 만에 십 년은 더 늙은 모습이 되어 버렸다.

그 미숙이라는 여자를 누어 번 만나고 나서부터는 너무나 헷갈린 나머지, 어떤 때는 오 달삼 씨가 박 구열 씨의 꿈을 꾸는 것같기도 하고 어떤 때는 박 구열 씨가 오 달삼 씨의 꿈을 꾸고 있는 것같기도 해서, 그는 진짜 자기가 누구인지 도무지 종잡을 수 없는 지경이 되어 버렸다.

꽤 돈푼이나 있는 집안의 소생임이 분명한 그 여자는 도대체 그가 오 달삼이거나 박 구열이거나 간에 아무 상관도 없는 듯한 태도였다. 어물어물하다가 호텔에서 하룻밤을 같이 잘 때에도, 신접살림 가구들을 살 때에도 그 여자는 일방적으로 모든 것을 쉽게 결정했고 그는 그저 멍청하고 애매하게 끌려다니기만 했던 것이다.

애초에 자신의 정체에 대한 무슨 실마리라도 얻을 수 있을까 해서 그 여자를 만났다가 실마리는 커녕 더욱 헝클리고 헷갈리게 된 나머지 이제는 그 자신이 그 여자의 한낱 장신구인지 아닌지조차 구별하기 힘들게 되어버렸다.

그는 매일 저녁 자신이 누구인지 상관없을 정도로 잔뜩 술에 취한 뒤에야 박 구열 씨의 어머니가 혼자 사는 그 낯선 집으로 기어들어 갔다. 그리고는 매일 밤 똑 같은 꿈에 시달렸다.

짙은 안개 속에 우뚝 서 있는 기묘하게 생긴 바위였다. 안개가 감돌고 있는 탓인지 그 바위의 형체는 나무 같기도 하고 무슨 짐승같기도 하고 또 사람같기도 했다. 아직 뚜렷한 형체로 성형되기 직전의 어떤 웅크림같은 그런 기묘한 모습이었다.

　그 바위를 향하여 그는 걸어간다. 그 바위에 가까이 다가갔을 때 갑자기 바윗 덩어리는 질척한 밀가루 반죽처럼 흐물흐물 녹아내린다. 그리고 녹아내리면서 생기는 반죽의 주름들이 어느새 수많은 입이 되어서 똑 같이 한 소리로 웅얼거리기 시작한다.……애야, 어서 오너라, 어디 갔다 이제 오느냐. 너무 멀리 가지 마. 애야, 어서 오너라. 어디 갔다 이제 오느냐. 너무 멀리 가지 마.……
　한꺼번에 웅얼거리는 그 소리는 분명히 어머니의 목소리였다.
　그는 하루가 다르게 야위어 갔다. 낮에는 오 달삼 씨와 박 구열 씨 사이를 오가느라고 지쳤고 밤에는 그 끔찍하고 메스꺼운 꿈에 가위눌림을 당했다.
　그 날 아침에도 그는 그 끔찍한 꿈 속에서 버둥거리며 목에 걸려 나오지 않는 소리를 뱉으려고 용을 쓰다가 겨우 잠의 꺼풀을 막 벗고 있었다. 그 때 누군가 자기를 흔들면서 깨우는 소리가 들렸다.
　「아이, 어서 일어나세요. 빨리 일이나요. 지민 씨, 어서요.」
　방금 잠자리에서 일어난 듯 잠옷 바람으로 앉아 있는

웬 젊은 여자가 그를 걱정스럽게 바라보면서 흔들고 있
었다. 그는 경끼들린 듯이 화들짝 놀라면서 무슨 소리를
지르려다가 그만 입을 다물었다.

　온 몸에 소름이 돋는 놀라움으로 외마디 소리를 내는
순간 서늘한 은빛 살처럼 등골을 관통하는 체념과 깨달
음이 있었다. 그 동안 막연한 불안 속에서 두려워 했던
사태가 피할 수 없는 현실이 되어 나타났음을 그는 순간
적으로 알았다.

　그는 아무 일도 없었다는 듯이 느릿느릿 걸어서 화장
대의 거울 앞으로 갔다.

　거울 속에는 잠옷을 입은 생면부지의 한 사내가 매서
운 눈매로 그를 노려보고 있었다. 하관이 좀 빠진 듯한
깡마르고 창백한 얼굴이었다. 사내의 입술에 희미하게
미소가 흐르는 듯했다.

　「아니 빨리 서두르지 않고 뭐 하세요. 열차 시간 늦겠
어요. 출장은 내일까지죠? 어머니한테는 오늘 다녀올께
요. 뭐 혼자 사시니까 별 일은 없겠지요.」

　여자는 무엇인가 주섬주섬 가방 속에 챙겨 넣으면서
말을 이었다. 여자의 목소리가 아주 먼 곳에서 들린다고

그는 생각했다.

속옷가지와 알 수 없는 숫자로 잔뜩 메워진 서류철 등속이 들어있는 가방을 든 채 그는 한적한 골목만을 골라서 아주 천천히 걸었다.

최 지민. XX물산회사 제 3 과장. 이것이 새로 주어진 그의 신상 정보였다.

이제 나는 어떻게 해야 하나. 박 구열 씨의 학교로 가볼까. 박 구열 씨가 오 달삼 씨의 실종처럼 학교에서도 집에서도 사라졌다면, 이번에는 오 달삼 씨가 감쪽같이 시치미를 떼고 그 잡지사에 앉아 있게 되는 것은 아닐까. 그 두 사람 다 종적을 알 수 없다면 도대체 그들은 어디로 간 것일까. 나는 진정 누구인가. 내가 과연 존재하기는 존재하고 있는 것일까. 내가 존재하지 않는다면 오 달삼 씨도 박 구열 씨노 최시민 씨도 결국 존재했다고 볼 수는 없지 않은가. 그렇다면 나는 오 달삼 씨 이진부터 존재해 왔다는 말인가. 그러나 그것은 말이 안되지 않는기. 이전부터 존재했고 이후로도 존재한다면 그것은 영원이라고 밖에는 부를 수 없는 것이 아닐까. 영원은 허막광대한 공허의 빛깔이거나 존재하는 것에 대한

없음의 색깔이 아니던가. 그렇다면 나라는 존재는 없다는 말이 되지 않는가. 그렇다면……그렇다면……

그는 끝없이 자문자답을 하면서 마치 유령처럼 느릿느릿 골목길을 걸었다.

다박솔로 가려진 산모퉁이를 돌아서자 널찍한 들판이 나타나고 그 들판 끝 산자락 밑에 작은 마을 하나가 보였다. 30 여호 될까말까 하는 마을이 늦가을 오후의 투명한 햇살에 마치 색지를 오려 놓은 듯 선명했다. 국민학교 2학년도 채 마치지 못하고 떠났다가 이제야 처음으로 찾아온 고향.

잊어버릴 만하면 한 번씩 집에 찾아오던 아버지. 그때마다 어김없이 아버지와 큰 소리로 다투고서 밤이면 뒷겻에서 혼자 우시던 어머니. 어쩌다가 고샅에서 동네 어른들을 만나게 되면 딱하다는 눈빛으로 나를 바라보며 수근대던 모습들. 어릴 때의 어두운 기억들을 되살리면서 그는 선뜻 마을로 들어선다는 것이 슬그머니 두려워지기 시작했다.

도대체 무슨 근거를 가지고 내가 오 달삼이라고 할 수

있는가. 이렇게 온통 뒤바뀐 마당에 정작 저 마을의 어느 집에서 살고 있을 지도 모를 진짜 오 달삼을 만나게 된다면 그때는 어떻게 해야 될 것인가. 그는 다시 머릿속이 온통 뒤죽박죽이 되는 것을 느끼면서 가볍게 치를 떨었다.

쫓기듯이 절박한 심정이 되어서 제 발로 찾아가 입원했던 신경정신과의원에서 과연 며칠 동안이나 보냈는지 그는 지금 도무지 가늠이 되지 않았다. 입원해 있는 동안에도 박 구열 씨가 밤마다 가위눌렸던 그 끔찍한 꿈을 그도 여전히 밤마다 꾸었다는 사실만이 뇌리에 선명하게 남아 있을 뿐이다.

퇴원할 때 의사는 안경을 낀 눈가에 약간의 장난기가 밴 웃음을 굳이 숨기려고는 하지 않는 것같았다.

「최 지민 씨, 아니, 그냥 당신은 현재 몹시 지쳐 있습니다. 시간에 쫓기고 일에 쫓기면서 신경과민 상태가 되어 있어요. 잠시 일을 놓고 조용한 곳에서 휴식을 갖는 게 필요합니다. 당신이 지금 호소하고 있는 증세는 가벼운 해리증을 수반한 다면성 인격장애라고 할 수 있는 것입니다. 뭐 위험하거나 일상생활에 지장을 초래할 정도

는 아닙니다만 어쨌든 이런 상태가 오래 지속된다면 심
각해질 수도 있겠지요. 좀 낭만적이고 환상적인 성격의
소유자들이 이와 같은 증세를 더러 보이는데 당신의 경
우는 아주 특이하고 재미있군요.」

그는 의사가 하나마나한 뻔한 이야기를 아주 속 편하
게 즐기고 있다고 생각했다. 그러나 한편으로는 그 자신
도 거듭되는 자기의 황당한 변신을 도무지 믿을 수가 없
는 판에 이 세상 누군들 말도 안되는 이 속내를 상상이
라도 하겠는가 하고 생각하니 오히려 그런 의사가 딱하
게 여겨지기도 했다.

결국 그는 혼자의 힘으로 해결할 수밖에 없다고 생각
했다. 그렇게 생각하자 갑자기 다급하고 초조한 심정이
되었다. 한 시라도 빨리 자신의 정체를 찾지 못한다면
어디선가 속수무책으로 기다리고 있을 오 달삼은 서서
히 흔적도 남기지 않고 소멸해 버리고 말 것만 같은 생
각이 들었다. 고향에 가 보자는 생각이 그 때 머리를 퍼
뜩 스쳤다.

마을이 유난히 적막하게 느껴진 것은 이농한 빈 집들
이 군데군데 표나게 눈에 띄었기 때문이기도 할 것이다.

그러나 사람이 살고 있는 집이라고 해서 별반 다를 바도 없었다. 동네 고샅이나 사람 사는 집 마당이나 잡초들이 제멋대로 자란 것은 마찬가지고 그 흔하던 개나 닭 한 마리 보이지 않았다. 기억 속에 남아 있는 음화의 풍경과, 눈 앞의 현실은 너무나도 사개가 맞지 않았다.

기력이 쇠잔한 노인들만 느릿느릿 움직이며 살고 있었는데, 그들은 이미 그들이 살고 있는 집이나 마을의 일부가 되어 있어서 그들이 설혹 말하거나 움직인다고 해도 마치 그것은 햇빛과 바람이 이따금 만들어 내는 풀잎의 서걱이는 소리이거나 그것들의 흔들리는 그림자와 같았다.

모든 것이 적막했다.

어른들끼리 가장 친절하게 내왕이 있던 오동나무집에 찾아갔을 때 그는 벌써 자신이 또 나른 백일몽 속에 들어섰음을 알았다. 잡지사에서 겪은 것과 같이 알 수 없는 사람들이 알 수 없는 소리를 하는 것은 마찬가지였다.

「아, 이제 생각이 나요. 오 씨네가 있었지요. 아마 남매가 넷인가 되었지…… 홀어미로 애들을 키웠는데, 가만 있자, 그러니까 벌써 여기서 죽은 지가 한 이십 년은 넘었을게요.……애들은 장성해서 이미 그 때 다 외지로 나가고……그 뒤로는 알 수가 없지요. 그런데 댁은 뉘시요?」

도대체가 터무니 없는 말들이었다. 오 아무개가 존재했었다는 사실 말고는 모든 것이 얼토당토않게 뒤틀리고 헝클려 있었다. 그나마 다른 집에서는 오 아무개의 존재조차 기억하는 사람이 없었다.

어렸을 때 살았던 집터였음직한 길가의 묵정밭 어귀에서 그는 얼빠진 사람처럼 중얼거리며 한참이나 서 있었다.……오 아무개가 존재하기는 존재했었구나……오 아무개가 존재했었구나……존재했었구나……

그는 더 이상 갈 곳이 없었다. 투명한 햇살이 그의 몸을 관통하면서 그도 점차 투명해지고 있다고 어렴풋이 느꼈다.

바람이 풀잎들을 부드럽게 눕히면서 뒷산 쪽으로 불었다. 산등성이를 온통 뒤덮고 있는 하얀 갈대꽃들이 물결처럼 일렁거렸다. 일렁이는 하얀 물결 사이로 커다란 그림자같은 것이 얼핏 보였다. 초점을 잃고 있던 그의 눈이 갑자기 빛났다.

밤마다 꿈에 나타나던 그 바위였다.

넋바위.

동네 사람들이 때를 찾아 온갖 치성을 드리고 죽은 이의 넋을 부르던 바위.

애들은 무서워서 근처에도 얼씬거리지 못했던 그 바위.

그는 마치 신지핀 사람처럼 정신없이 갈대밭을 헤치며 올라갔다.

갈꽃이 자꾸 그의 눈을 가리고 잎새들이 몸을 감으며 길을 막았다. 그가 헤엄치듯 손을 저으며 가까스로 갈대밭을 막 벗어나자 우람한 넋바위가 바로 코앞으로 다가왔다. 바위가 눈으로 들어오는 순간, 그는 그만 온몸이 얼어 붙어 버렸다.

넋바위 앞에는 그를 기다리고 있었다는 듯이 오 달삼 씨와 박 구열 씨가 나란히 서 있었다.

그는 꼼짝않고 그대로 서 있었다.

멀리서 갈잎이 서걱이는 소리가 들렸다.

햇살이 눈부셨다.

그는 자신의 몸이 하얀 종잇장처럼 얇아지면서 서서히 가벼워진다고 느꼈다. 그리고 앞에 서 있는 두 사람의 입술이 희미하게 움직이고 있는 것이 보였다.

그는 한 발 앞으로 다가섰다. 그러자 두 사람이 희미하게 얇아지면서 바위 속으로 빨려들어가는 것이 보였다. 그는 다급하게 두 사람의 옷자락을 거머잡은 채, 같이 바위 속으로 스며들어 사라지면서 온몸을 쥐어 짜듯 외쳤다.

「당신들은 누구야?……나는 누구야?」

절규하는 소리가 미처 메아리가 되기도 전에 세 사람은 흔적도 없이 바위 속으로 사라져 버렸다.

투명한 햇살이 눈부셨다.

불어오는 바람이 넓바위에 일렁이는 갈꽃의 그늘 무늬를 고요히 드리웠다가 지우고 드리웠다가 지웠다.

이러매 내가 노래한다.

1.

지평선이 켜켜로 잠겨있는
돌의 어둠에

가만히 귀를 대고 들어보라
소리가 들린다
강물이 제 모습을 꿈꾸며 흐르는 소리
바람이 제 얼굴을 찾아 끝없이 떠도는 소리
드디어 어느 날
그 은빛 물비늘의 바람은
날개를 꿈꾸다가 새의 형상이 되어
그 무겁고 캄캄한 돌의 어둠을 뚫고
푸른 하늘로 솟구쳐 날아 오르고
불꽃같은 뿔을 꿈꾸다가
황소가 되어 풀밭을 박차며 내달리리라
그러나 보라
새는 이윽고 포물선을 그리며 내려 앉고
황소는 늘판 위에 둥그렇게 무너지며
어쩔 수 없이 무릎을 꿇고 만다
모든 것은 제 무게만힌 그늘을 드리우고
제 그늘 속으로 떨어진다

바람과 그늘의 저 포물선이

네 눈썹 위로 겹겹이 쌓이고 짙어지면
마침내 너의 집 창문에
한 줄기 먼 지평선을 그어 놓으리라
아직도 너는 거기서 꿈꿀 수 있다
네 한 잎 얼굴을 가리고
가슴의 실뿌리에 맨발을 적셔보라
이 세상 살아있는 것은 어느 것이나
제 속의 강물로 뒤척이며 흐르고
바람은 쉬임없이 어디로 떠나자고
무수한 이파리의 그늘을 흔들고 있다
너의 온 몸은 달콤하게 열려 있어서
꿀벌들이 잉잉거리며 집을 짓고
온갖 애벌레가 잠 속에서 키를 늘린다
개오동나무 곁에서 네가 눈을 뜨고
개오동나무와 함께 태어날 때
숭어의 지느러미를 붙잡고
네가 물방울을 튀기며 햇볕에 푸들거릴 때
아직도 너는 거기서
흐르며 꿈꿀 수 있다

2.

눈부신 정오의 태양 아래서
너는 생각한다
그러므로 시간은 흐르지 않고
알알이 보석처럼 빛난다
본능과 야성의 어둠에서 깨어난
보석들의 빛 속에서
너는 마침내 거울을 본다
거울 속에는 광대한 제국의 지도가 펼쳐지고
너는 거울마다 똑같은 얼굴들을 무수히 복제하여
천 개의 팔뚝에 도끼를 들고
끝없이 변경의 숲을 개간해 나가리라
그러나 보라
언어의 우울한 물질로 네가 지은
대사원大寺院의 그늘은
이제 비가 와도 젖거나 흐르시 않고
바람은 소리도 없이 잠들어 있다

견고한 보석들을 낳는 오성悟性이여
모순을 모르는 대낮의 아들이여
모든 것은 단단한 겉이 되어
네 신민臣民들의 창고에 끝도 없이 쌓일 뿐
탐욕스럽게 넓혀진 제국의 지도에는
이제 웅덩이의 깊이조차 보이지 않는다
그 많은 곤충과 새들을 실어오던
안개의 목선木船들도 보이지 않는다
이제 풀벌레의 울음소리는
풀 수 없는 암호문이 되어 울 밖으로 흩어지고
날지 않는 화살에 상처받은 사슴은
오늘 밤새워 이슬이 내려도
갈밭의 샘물가에 끝내 이르지는 못한다
움직이지도 변하지도 않는 잔인한 공간이여
잠시도 쉬지 않고 변하는 나를 보라
샘물의 깊이에서 옷벗는 나를 보라
창고에 쌓인 보석들이 네 영혼의 밥이 되지 않으니
고향의 샘으로 서둘러 돌아가야 하리
한 줄기 맑은 바람으로 떠나야 하리

그러나 고향은 되돌아 가는 곳이 아니라
날마다 꿈꾸는 미지의 땅이리니
과거는 언제나 미래의 따뜻한 품 속에
알을 품고 있으므로

3.

꽃이여
돌 속의 지평선을 입김으로 불어
안팎이 무르녹은 안개 속의 곡선이여
하나이면서 여럿인 모순의 얼굴이여
한 줄기 단순한 바람의 딸
자유와 필연의 황금빛 또아리여
뱀의 속삭임이여
한 방울 투명한 물의 육체
허공을 태우며 살을 빚는 영원한 불꽃이여
오늘 나는 너에게 절한다
온 마음 기울여 깊이 절한다.

길에 갇혀서

조간 신문을 펴 들자 나는 버릇대로 우선 기사의 제목들을 대강 훑어보기 시작했다. 비리공직자 국민심판 제도 마련을. 안기부,재야 프락치 공작 여전. 과거 공안검사 승진. 경찰 개인용 컴퓨터 사용금지령 반발. 한약분쟁 약사법 개정수정안 마련. 조직 활성화 서울시 물갈이 인사……

신문의 크고 작은 활자 속에서 여전히 사람들은 이리저리 쫓고 쫓기면서 잠시도 쉴 틈 없이 바쁘게 싸우고 있었다. 사람들은 속수무책으로 공작의 꼭둑각시가 되고 조직을 위한 물갈이의 피라미떼가 되고 컴퓨터 정보망이라는 거대한 거미줄의 날벌레가 되고 있었다. 그리고 한 편에서는 날마다 새로운 법안과 명령과 제도를 만들어 내거나 그것들을 보다 정교하게 다듬고 있었다.

예나 제나 얽어 매고 가두려는 자와 풀어 헤치고 벗어나려는 자가 있다. 사람의 모듬살이에서 일어나는 온갖 싸움들을 조금만 들여다 보면 결국 이 상반된 두 힘이 부딪치고 있음을 금세 알아차릴 수 있다. 일상생활의 사소한 싸움에서는 그 두 가지 힘이 잘 알아볼 수 없을 정도로 흐려져 있지만 좀더 큰 규모의 싸움으로 옮겨질수록 그것은 점점 뚜렷한 형태로 드러난다.

　사람의 모듬살이 역사에서 끊이지 않는 이와 같은 두 힘의 갈등은 크게 보아 빛과 그림자의 관계이거나 음양의 법칙과 같은 것이기도 하리라. 그러나 음양의 법칙과 같은 자연의 이법理法은 사람의 투쟁과는 달리 오직 참다운 생명의 실현에 목적이 있을 뿐만 아니라 필요악인 생명의 억압과 구속에 있어서도 중용과 절도가 있게 마련이다. 사계의 순환만 보아도 그렇다. 봄과 여름을 지나면서 한껏 무성하게 자라난 식물들은 가을과 겨울의 엄혹한 숙살지기肅殺之氣에 의해서 삶과 죽음의 한계점까지 쫓겨 갇히게 된다. 생명은 가을과 겨울의 죽음의 힘에 의해 단단한 껍질의 씨앗 속에 갇히고 뿌리의 깊이로 쫓겨서 숨죽이시민 바로 그 죽음의 힘에 의한 단련 때문에 오히려 생명은 생명력을 잃지 않고 세세년년 끈질기세 지속되는 것이다. 자연의 이법은 생명을 거두어 가두고 길러서 성취시키는 수장성수收藏成遂의 절도에서 한 치의 어긋남이 없다.

　그러나 사람들의 투쟁은 이미 생명의 실현이라는 목적에서 거의 이탈되었다. 모듬살이의 필요악인 가둠의 힘이 생명의 절도를 벗어난 지가 오래된 것이다. 그 이탈의 정도가 발전된 문화와 문명의 척도가 되어버린 느낌이다. 사람들은 이제 생명을 위해서가 아니라 의견이나 믿음이나 가치와 같은 것들, 즉 근원적인 의미의 이념을 위해서 밤낮없이 싸운다. 싸움이 격렬할수록 이념은 쇠붙이처럼 단단하게 굳어지고, 쇠붙이처럼 단단하게 굳어질수록 이념은 반생명적인 것이 되어서 사람들을 생명이 없는 쇠붙이와 같이 마비시킨다.

경직된 이념, 혹은 말言語의 족쇄는 다른 말로 해서 추상정신의 폭력이라 할 것이다. 사람이 짐승과 크게 다른 점의 하나가 정신의 추상작용에 있다는 것은 더 말할 나위 없는 일이지만 추상의 허깨비가 강조된 나머지 그것이 생명현실로부터 멀어지면 멀어질수록 죽음과 동의어인 폭력이 되고 만다. 그리고 큰 싸움의 경우 쇠붙이와 같이 굳어버린 그러한 추상적 폭력을 먼저 행사하는 쪽은 대개는 자신의 유리한 조건과 힘을 유지하고 극대화하려는 현실적인 지배세력이다. 지배적인 세력을 지니지 않고서야 다른 쪽을 얽어매고 가둘 수가 없는 일이기도 하거니와, 갇힘으로부터 벗어나고자 싸우는 쪽은 우선 자기생명의 정상적인 유지와 실현을 위해서 힘겨운 싸움을 벌이고 있을 것이기 때문이다. 그러나 가두려는 이념의 힘이 완고하게 경직될수록 벗어나려는 이념의 힘도 마찬가지로 완고하게 경직되게 마련이다. 물론 그 역으로도 마찬가지일 것이다. 결국 그렇게 되면 생명과 상관없는 쇠붙이끼리 날카롭게 부딪치는 꼴이 되고, 그 부딪침의 와중에서 사람의 생명은 마치 쇳가루가 떨어지듯이 무의미하게 소모되고 만다.

두서없이 이어지는 생각의 꼬리를 자르고 신문지를 막 밀쳐두려고 하는데 주먹만한 고딕체 글씨를 앞세운 5단 통광고가 눈으로 확 뛰어들었다.

……탈퇴없고 선별없는 해직교사 전원복직……현 정부가 진정한 문민개혁 정부라면 해직교사의 교육개혁의지를 인정하는 차원에서 조건없이 전원 복직시켜야 합니다……역내 군사정권처럼 더 이상 국제적 지탄을 받는 일이 없어야 합니다……

굵은 고딕체 활자들이 마치 대오를 갖춘 시위대열처럼 열지어 서서 구호를 외치고 있었다. 그리고 구호를 외치고 있는 활자의 대열을 진두지휘라도 하고 있는 듯이 왼편에는 야당시절의 김영삼 씨가 측근들과 함께 시위하고 있는 모습의 사진이 나란히 실려 있었다. "해직교사 복직시켜라"라는 피켓을 들고 시위를 하고 있는 김영삼 씨 일행은 순간동작이 정지된 사진의 모습으로 보아서 아마도 저지병력과 심한 몸싸움을 벌이고 있는 듯했다.

사진 속에서도 가두려는 힘과 벗어나려는 힘이 첨예하게 부딪치고 있었다. 그리고 사진과 그 사진을 앞세운 광고의 문안도 그 각각의 의미가 너무나 심한 부조화를 이루고 있었다. 현재의 대통령은 분명히 사진 속의 인물이면서도 한편으로는 아니었다. 모두가 겹겹으로 어긋나고 서로가 서로를 가두고 있다. 결국 쇠붙이의 파편처럼 따로 노는 저 추상정신의 결과일 것이었다.

전국교직원노동조합의 그 답답한 광고를 들여다보면서 나는 문득 컴컴한 기억의 밑바닥에 갈앉아 있던 동판화같은 정경 하나가 떠오르는 걸 느꼈다. 30여년이 지나도록 까마득히 잊고 있었던, 어둡지만 견고하게 요철을 이룬 동판화같은 하나의 정경. 그 동판화 속에서 한 남자가 울부짖고 있었다.

1961년 5월. 전주경찰서 직할파출소 반지하 감방. 5월
도 중순이 가까운 때였지만 항시 어둑한 감방은 몸을 옹
송그려야 할 만큼 썰렁하고 을씨년스러웠다. 당번 경찰
이 책상 하나를 놓고 앉아있는 시멘트 바닥의 복도를 향
하여 철창문이 나 있고 삼면의 벽은 모두 실한 통나무로
되어 있었다. 그런 방들이 ㄱ자를 그리면서 대여섯 개가
붙어 있었다.

내가 수감된 방에는 강절도, 사기범 등 여섯 명이 더
있었는데 내가 가장 나이가 어렸다. 한 마디로 뭉뚱그려
말한다면 나는 그때 어른이 되기 위해서 치러야 하는 입
사식入社式을 어찌어찌하다가 잘못되어 그만 그런 험한
곳에서 혹독하게 겪고 있는 중이었다.

나는 당시 전주고등학교 2학년 학생이었다. 신문에 보
도될 정도로 떠들썩했던 학생들 사이의 한 폭력사건의
주범으로 지명수배되어 달포 남짓이나 서울 등지로 피
신해 다니다가 종내는 체포 수감되었고, 며칠 뒤 전주형
무소로 이감될 날을 기다리고 있었다.

그 어린 나이에 처음 겪어보는 감방생활이었지만 그런
생활에는 아주 이골이나 난 듯이 나는 스스로도 놀랄 정

도로 잘도 적응해 나갔다. 보릿겨가 쉰내를 풍기면서 질 금질금 씹히는 순 꽁보리밥에다가 소금에 절인 무우 줄기 두어 가닥이 전부인 세 끼 밥을, 그것도 일제 식민지 시대부터 사용해 왔음직한 온통 찌그러지고 까만 때가 아주 살이 되어버린, 보기만 해도 절로 구역질이 나는 알루미늄 도시락 통의 그것을 나는 첫날부터 한 톨도 남기지 않고 핥듯이 먹어 치웠다. 방 한쪽 구석의, 나무뚜껑만 열면 용변을 보게 되어있는 이른바 뻥끼통에다가 아랫도리를 까고 앉아서 누가 보거나 말거나 요란한 소리를 내며 배변의 쾌감을 굳이 숨기지 않았고, 누구든지 눈길만 살짝 스쳐도 금방이라도 잡아먹을 듯이 포악을 떨었다. 아무리 우리 속에 가두어 놓아도 길들기는 영틀려버린 승냥이 새끼 같았으리라. 그런 막무가내의 반항과 천연덕스런 뻔뻔함과 앞길을 가로막는 것은 무엇이든 죽고살기로 부수려고만 들던 그 야만적인 충동은 필시 그 무렵 하숙방의 책상 앞에 "광인의 제한없는 자유가 그립다."라고 써 붙인 그 터무니없는 자유에 대한 환상적 욕구와 니힐리즘에서 비롯되었을 것이다.

그날 아침에도 나는 여느때와 같이 꼭두새벽에 잠이

깨어 기름때가 번들거리는 낡은 모포 속에서 순전히 내 몸뚱이 하나로 덥혀진 온기를 게으르게 꼼지락거리며 즐기고 있었다. 아직 기상시간이 되기까지는 한참이나 더 있어야 할 시간이었다. 그때였다. 밖에서 난데없이 요란한 구령소리와 함께 구둣발 소리가 어지럽게 들려왔다.

무슨 일이 일어난 것인가. 나는 귀를 세우고 신경을 모았다. 이따금 무엇인가 보고하는 듯한 큰소리와 구호를 외치는 소리, 그리고 급하게 드나드는 둔탁한 구둣발 소리만 들릴 뿐 도무지 무슨 일이 밖에서 벌어지고 있는지 짐작이 가지 않았다. 그때서야 심상치 않은 바깥공기에 잠이 깨었는지 한 사람 두 사람 부시럭거리면서 밖으로 귀를 모았다.

복도의 책상 앞에 앉아있어야 할 경찰도 보이지 않는 것으로 보아서 분명 무슨 일이 벌어지긴 벌어진 모양이었다. 더 이상 궁금증을 삭이며 누워있기가 답답했던지 모두들 기신기신 일어나 앉아서 서로 의아스러운 눈빛을 건네고 있을 때였다. 갑자기 기합을 잔뜩 실은 기상 구령과 함께 여러 사람의 구둣발 소리가 복도의 시멘트

바닥을 울렸다. 대위 계급장을 단 장교 하나와 헌병 하나, 그리고 경찰 세 명이 삼엄한 표정으로 들이닥쳤다.

그날 아침부터 감방은 살벌한 긴장이 감돌기 시작했다.

경찰들은 모두 군복으로 갈아 입고 아침 저녁으로 인원점호를 했고, 우리들은 하루종일 마루바닥에 반듯이 열지어 앉은 채 정숙을 지켜야 했다.

꾸데타가 일어나서 군인들 세상이 되었다는 것이었다. 꾸데타가 일어났다는 말을 어떤 사람은 난리가 일어났다고도 말했다. 꾸데타가 도대체 무슨 말인지, 군인들이 들고 나왔으면 세상이 어떻게 돌아간다는 것인지 내 머리로는 하나도 상상이 되지 않았다. 바깥에서는 무슨 큰일들이 벌어지고 있는 것이 분명했지만 안에서는 도시 그 큰일들이 무엇인지 알 길이 없었다. 감방 안에서는 밑도끝도 없는 소문과 예측들만 꼬리에 꼬리를 물고 귓속말로 떠돌아다녔다. 난리가 나면 무조건 맨 먼저 감옥의 죄수들부터 총으로 싹 쓸어버린다, 풍기사범이나 폭력범들은 강제노동수용소로 보낸다, 모든 재판은 군사재판이 되기 때문에 형벌은 열 배쯤 무거워질 것이다,

빨갱이는 말할 것도 없고 그 가족 친척들까지 모조리 총
살형을 당할 것이다, 등등 온갖 소문들이 시간이 갈수록
불어나면서 예민해질 대로 예민해진 수감자들의 신경을
갉아대었다.

흉흉한 소문과 앞날을 예측할 수 없는 불안 속에서 한
사흘쯤 지나고 난 날 밤이었다.

막 잠자리에 들려고 하던 참이었으니까 10시가 좀 지
난 시간이었을 것이다. 갑자기 바깥으로부터 호명하는
소리와 대답하는 소리, 그리고 많은 사람들의 웅성거리
는 소리 등이 한참이나 뒤섞여서 들려오더니 이윽고 민
간복장을 한 신참 수감자들이 60여명 남짓 한꺼번에 복
도를 꽉 메우넌시 밀려 들어왔다.

그런데 좀 이상했다. 대부분의 빈던과 행색이 감옥소
나 드나드는 예사 수감자들은 아니있다. 개중에는 머리
가 허언 노인네도 더러 보였다.

그 동안 출처도 없이 떠돌던 불길한 소문들이 드디어
하나씩 눈앞의 현실로 나타나기 시작하는 것인가. 저들
이 바로 빨갱이의 친척들인가. 아니면 무슨 용공분자니,
사상범이니, 경제사범이니 하고 제법 유식한 체 수근거

려 쌓던 바로 그 소문 속의 당사자들인가. 그렇다면 저렇게 젊잖아 보이는 사람들이 그 무섭다는 군사재판을 받고 총살형도 당한다는 말인가.

나는 수렁 속에 빠져 속절없이 허우적거리는 듯하는 상념에 잠긴 채, 경찰의 지시에 따라 10여명씩 분산되어 입감되는 그들을 멀거니 바라보았다.

내 방으로 들어오는 사람들을 한 사람씩 멍청히 바라보고 있다가 나는 마치 보아서는 안될 것을 몰래 훔쳐보다 불시에 들킨 사람처럼 그만 소스라치게 놀라고 말았다. 나는 나도 모르게 벌떡 일어나 엉거주춤하니 서서 막 방안으로 들어와 앉을 자리를 찾는 듯 두리번거리고 있는 몇 사람을 얼빠진 모양으로 바라보았다.

「아하, 너 이 놈 어디 가 있는가 했더니 여기 와 있구나……」

「아니, 이 놈 보게. 사제지간에 감방 동기생이 되었네 그려.」

나한테 던져지는 말소리를 듣고서야 겨우 정신을 차리고 나는 그들을 향해 어색하게 허리를 굽혀 절을 했다. 절을 하고 나서도 여전히 나는 어찌할 바를 몰라 주춤거리고만 있었다.

「괜찮다. 원, 사내 녀석이 상추밭에 똥싼 강아지처럼 그러고만 서 있어? 편히 앉아라.」

그렇게 활달한 목소리로, 그리고 여전히 아무도 의식하지 않는 듯한 큰 목소리로 말하고 있는 사람은 역시 괴짜로 유명했던, 일반사회 과목을 가르치던 정 일곤 선생님이었다. 다른 분들은 생물 과목의 방 준열 선생님, 영어를 가르치던 천 동건 선생님. 그들은 모두 내가 다니고 있던 전주고등학교 선생님들이었다. 그리고 또 한 분, 시종 딱한 표정으로 나를 바라보다가 혀를 차며 옆으로 돌아앉은 분은 국민학교 6학년 때의 담임 선생님이었다. 별의별 죄명들을 하나씩 달고서 난리통에 일제히 검속되어 들어온 수많은 사람들 속에 끼어서 하필이면 그들은 내 방으로 들어왔던 것이다.

그날부터 나는 진짜 감옥생활을 맛보아야 했다. 그때까지 먼 발치로만 바라보고 무관하게 생각하던 선생님들과 어이없게도 그런 을씨년스럽고 막다른 곳에서 마주보고 앉아있자니 정말이지 숨이 다 막혔다. 나는 될 수 있는 대로 눈에 띄지 않게 한 쪽 구석에 앉아 있으면서 하루 빨리 그 답답한 곳을 벗어나 형무소로 이송되기를 기다릴 밖에 없었다.

그러나 저러나 저 분들은 도대체 무슨 죄를 짓고 이런 데를 왔을까. 아무리 생각해도 모를 일이었다. 그러나 그 궁금증은 얼마 지나지 않아서 곧 풀렸다. 그들이 이따금 서로 주고받는 말을 통해서 내가 어렴풋이 알게 된 것은, 그들이 교원노동조합을 결성했으며 그 운동의 주동적인 인물들이었는데 꾸데타 세력에 의해서 그 단체가 용공단체로 지목되어 일시에 검거되었다는 것, 전주고등학교에서만도 십여 명 남짓이 같은 혐의로 검거되었으며 그러한 검거사태는 전국적이라는 것, 바로 얼마 전까지만 해도 내가 직접 국어 과목을 배웠던 유명한 시인 신 석정 선생님도 이 곳 어느 감방에 수감되었으리라는 것, 꾸데타를 일으킨 군인들이 서슬퍼렇게 반공이념을 외치는 것으로 보아서 그들같이 용공혐의를 받은 자들은 가혹한 처벌을 각오해야 할 것이라는 것 등이었다.

그러나 나는 교원노동조합이 무슨 일을 하는 것인지, 그것이 왜 용공인지, 용공의 정확한 뜻이 무엇인지 어느 것 하나 분명하게 이해되는 것이 없었다. 다만 난리통에 무엇인가 뒤죽박죽이 되어 거세게 흘러가고 있으며 재수없이 그 물결에 한 번 휩쓸렸다가는 그것으로 모든 것이 끝장날 거라는 막연한 생각뿐이었다.

며칠간이나마 아주 거북살스럽고 답답한 그 감방에서 그래도 내가 마음 놓고 숨을 쉴 수 있었던 것은 정 일곤 선생님이 이따금 기지개를 켜듯 아무렇지 않게 날려보내는 그 익살스럽고 괴벽스러운 언행 덕분이었다.

그는 평소에 언제나 손갈퀴로 빗어 넘긴 더부룩한 머리에 허름한 점퍼 차림으로 검은 고무신이나 운동화를 신고 다녔는데 그 헐렁한 차림새만큼이나 그의 행동은 어디서나 꾸밈이 없고 거침없이 자유스러워 보였다. 일테면 수업중 잠시 쉬는 동안 담배를 피우려고 호주머니를 뒤적거리다가 그는 태연히 이렇게 말하는 것이었다.

「야아, 담배 가진 놈 없어? 한 대만 빌리자.」

누군가 용기를 내어 담배를 갖다 주면서, 담배가 별로 안 좋은 것인디요, 하고 계면쩍게 말을 흘리면, 그는 활짝 웃으면서 그가 전매특허처럼 으레 써먹는 '이런 오사리 잡놈'을 푸짐하게 선물로 안겨 주었다. 한 번은 무슨 일로 그의 아들이라고 하는, 아직 열 살도 채 안되어 보이는 꼬마가 땟국이 흐르는 꾀죄죄한 옷을 입고 수업중인 교실 밖에서 얼씬거리고 있는 것을 보자 그는 대뜸 그 꼬마를 교실 안으로 불러들이더니 이렇게 말하는 것이었다.

「요놈이 내 아들이다. 느이들 앞으로 어디서 만나거든 과자도 사 주고 누가 때리면 좀 말려 주어라, 잉?」

그러자 그 꼬마녀석은 제 아버지를 흉내라도 내듯이 교단에 선 채 우리들에게 꾸벅 절을 하고는 천연덕스럽게 씨익 웃는 것이었다.

어쨌든 그가 버릇처럼 내뱉는 상스러운 말이나 파격적인 행동은 그러나 우리에게는 결코 젊잖지 못하거나 상스러운 것이 아니었다. 그것은 말하자면 그와 우리들 사이에 튼튼하게 매어져 있는 애정과 신뢰의 밧줄같은 것이었으며 그 밧줄을 여전히 공유하고 있다는 은밀한 확인의 기쁨을 일깨워주는 암호였던 것이다. 학생들이 그에게 보내는 존경과 신뢰는 더 말할 것 없이 막힘없는 그의 학식에서도 비롯되는 것이었지만 무엇보다도 그것은 수업중에 그가 교과의 진도와는 아랑곳없이 이른바 인생살이의 이런저런 이야기를 아주 맛있는 떡처럼 우리들에게 많이 나누어주곤 했다는 데에 있었다.

또 한편으로 우리는 그를 존경하고 격의없이 생각하면서도 그의 소박하고 활달한 모습의 뒷편에 어두운 그늘 같은 것, 우리로서는 무엇인지 확실히 알 수가 없지만 일테면 숙명, 원죄, 깊은 포한, 체념 등의 말에서 묻어나는 어떤 낌새같은 것이 서려있다는 걸 본능으로 알고 있었다. 아마도 그런 막연한 느낌은 그에 대한 다소 애매한 여러 정보들, 말하자면 그가 일본 와세다대학 법문학부를 우수한 성적으로 졸업한 수재라는 것, 그 집안의 누군가가 일제 때부터 불온한 사상을 가진 인물로서 해방 이후에도 계속 감시를 받았으며 역시 그도 사상적으로 혐의를 받고 있는 요시찰 인물이기 때문에 자기의 포부를 펴지 못하고 울분 속에서 살고 있다는 것, 결혼을 늦게 한데다가 부인이 아이까지 갖지 못하게 되자 뒤늦게 고아들을 몇 명 데려다 키우고 있는데 그 중 한 아이가 바로 언젠가 학교로 찾아와서 우리가 보았던 그 꼬마라는 것 등등의 이야기들로부터 비롯되었을 것이다.

앞날에 대한 불안과 두려움 때문에 모두가 전전긍긍하는 긴박한 상황 속에서, 더구나 그들만 한밤중에 끌려나가 어디서 얼마나 혹독한 취조를 당하는지 새벽녘이 되어서야 감방으로 들어와 내내 끙끙 앓는 소리를 내곤 하던 처지에 유독 그 정 일곤 선생 당신 혼자서만 여전히 감방에서도 바깥에서처럼 거침없이 욕설을 내뱉으며 익살을 부렸다. 그는 마음이 내키면, 산이라면 넘어주마 강이라면 건너주마 산길이냐 물길이냐 어쩌고 하는 노래를 감방이 떠나가라 큰소리로 불러재꼈고, 나어린 제자가 옆에 있거나 말거나 해괴한 음담패설로 사람들을 웃겼고, 홀랑 속옷까지 벗고 앉아서 이를 잡으며 누구에게랄 것도 없이 '미친 놈들' '순 날강도같은 노무 자식들' 하는 소리를 밑도끝도 없이 불쑥불쑥 내뱉았다. 그러다가도 참선하듯이 가부좌를 틀고 앉아서 눈을 감으면 몇 시간이고 꼼짝하지 않았다. 경찰도 처음에는 그의 그런 행동에 어이없는 표정을 짓다가 아예 감당하기가 주체스러웠던지 실없는 웃음을 흘리며 모르는 척 고개를 돌리곤 했다.

정 일곤 선생이 그야말로 청천백일에 날벼락을 때리듯 사람들로 하여금 한동안 아연실색하게 만들었던 그 황당한 기행을 보여준 것은 바로 일요일이었다.

　일요일이면 전주 성결교회에서 목사가 예닐곱 명의 성가대 아가씨들을 데리고 와서 수감자들을 위한 예배행사를 하곤 했는데 그날도 여느때처럼 정해진 순서에 따라 예배가 진행되었다. 수감자들은 철창 안의 마룻바닥에 열지어 앉아있고 목사 일행은 철창 밖의 시멘트 복도에 열지어 선 채 진행되는 아주 어설픈 의식이었다.

　목사의 설교와 기도는 도무지 무슨 이야기인지 잘 이해도 되지 않았고 지루하기만 했다. 다만 이 세상의 모든 죄를 샅샅이 훑어보고 증거하겠다는 듯이 번들거리는 그의 눈빛과 확신에 떨리는 열띤 목소리로 보아서 그의 믿음이 철벽같이 굳건하다는 느낌만은 금세 받을 수 있었다. 그리고 말끝마다 힘주어 발음하는 '믿습니다'라는 소리만 다른 이야기와 동떠서 귀에 맴돌았다. 대부분의 수감자들은 그런 목사를 그저 자기와 상관없는 먼 세상의 일쯤으로 여기고 성경을 앞에 들고 얌전하게 서있는 성가대 아가씨들을 바라보느라 정신을 팔고 있었다.

　이윽고 지루한 목사의 설교에 이어서 마지막으로 아가씨들이 봄볕같이 화사한 목소리로 찬송가를 부르기 시작했다. 그리고 사람들은 모두 찬송가를 부르는 아가씨들의 때묻지 않은 목소리의 화음에 취해서 몇 절인가를 연속 부르게 되어있는 그 노래가 이제 막 끝나가는 것을 아쉬워하고 있었다.

그때였다.

어디선가 감방을 온통 들었다가 내팽개치듯하는 소리가, 마치 무슨 상처받은 짐승이 마지막 숨을 거두면서 포효하듯 울부짖는 소리가 갑자기 터져나왔다.

「으으윽, 좆꼴립니다……」

그 소리는 그야말로 날벼락 치는 소리였다.

한참 뒤에 사람들은 겨우 제 정신을 챙겨 가지고 그 말뜻을 새기고 나서는 또 한 번 날벼락 맞듯 까무러치게 놀랐다. 모두 넋이 빠져 어안이 벙벙한 채로 정 일곤 선생을 바라보았다.

그는 창살을 두 손으로 움켜잡은 채 계속 그 날벼락같은 소리를 속으로 외치고 있는 듯 얼굴을 온통 일그러뜨린 채 꼼짝않고 앉아 있었다.

목사 일행이 서둘러 허둥지둥 나가고 난 뒤에도 한동안 사람들은 그 난데없는 충격이 만든 기묘한 침묵의 웅덩이 속에 그냥 속수무책으로 잠겨있을 수밖에 없었다.

세상에 이런 일이 다 일어나다니……아니 도대체 저 양반이 어떻게 그런 소리를……정말로 저 양반이 성가대 아가씨들을 보고 발작하듯 성충동이라도 일으켰다는 말인가……나는 도무지 갈피를 잡을 수 없었다. 그러다가 문득 창살을 움켜잡고 울부짖고 있던, 섬짓하면서도 범접할 수 없는 어떤 엄숙함마저 띠고 있던 그의 모습을 떠올리면서 그 외침이 결코 누구나 쉽게 받아들이는 액면 그대로의 말뜻은 아닐 거라는 생각이 들었다. 적어도 그 좆꼴린다는 외침이 성가대 아까씨들을 겨냥한 것은 아닐 것이다. 어쩌면 그것은 붙들고 있던 창살이나 보이지 않는 벽같은 것들, 그러니까 정상적으로 말을 건넬 수 없는 것들 앞에서 답답한 마음의 응어리가 터져나오는 그런 외침일 지도 모른다. 나는 막연하고도 엉뚱한 생각이지만 그런 생각이 들자 정말 그럴 거라는 느낌이 점차 굳어져 갔다. 그러나 그 막연한 생각은 막연한 섯일 뿐 아지랑이가 가물거리듯이 구체적인 실감은 하나도 건져지지 않았다.

이튿날 나는 포승줄에 묶인 채 호송하는 형사와 같이 오월의 화창한 햇살이 쏟아지는 아주 낯설고 먼 길을 걸

어서 형무소로 이송되었다. 정 일곤 선생은 내가 떠나올
때 내 등을 손바닥으로 치면서 이렇게 말했다.
「이눔아, 기죽지 마.」

　나는 예기치 않은 묘한 감회에 젖어들면서 전국교원노
동조합의 그 5단통광고를 다시 한 번 들여다보았다.
　겹겹이 어긋나고 서로가 서로를 가두고 있는 모습. 저
지병력과 대치상태를 이루고 있는 김 영삼 씨 일행은 영
원히 그렇게 대치하고 있을 듯이 순간동작이 멈춰진 채
붙박혀 있었다. 스크럼을 짜고 있는 고딕체 글씨들도 소
리없는 아우성 속에 그렇게 붙박혀 있었다.
　그 네모꼴 광고의 틀 속으로 정 일곤 선생이 울부짖고
있는 모습이 동판화처럼 정지되어 겹쳐졌다.
　나는 문득 불두덩께로 뜨거운 기운이 내뻗치는 것을 느
끼면서 나도 모르게 중얼거렸다. 아, 정말 좆꼴리는구나.

　이러매 내가 노래한다.

　눈썹 끝 타오르는 노을 속에서

174

수많은 새떼들이 부화하여 날개를 치는
서해 바다 뻘밭으로 우리는 가자
여기저기 막혀서 끝내 더는 갈 수 없을 때
세상의 모든 길 다 죽어버린 곳
세상에서 어찌할 수 없는 것들만 모여 사는 곳
온갖 징역살이의 시커먼 머리채가
바람결로 풀려서 일렁이는 곳
서해 바다 뻘밭으로 우리는 가자
거기 노을 속 막막한 뻘밭에
새벽같은 알몸들을 딩굴게 하여
온 몸을 칭칭 감은 사슬자국 멍을 삭이고
아무도 뺏을 수 없는 우리들 성욕으로
천 이랑 만 이랑 푸른 파도를 만들자
천 이랑 만 이랑 푸른 어깨를 싣고
멱찬 밀물되어 우우우 뭍으로 달려가는
새끼짐승들의 희고 튼튼한 발굽들을 만들자
길을 내어 길에 갇힌 너희들은 모른다
어떻게 뻘밭에서 파도가 파도를 낳는지
아무리 많은 길을 내어 다져도

길을 벗어난 더 많은 가슴들
드넓은 벌판과 깊은 숲이 얼마나 많은지
바람과 새들이 왜 숲 속에 깃들고 깨어나는지
길에 갇힌 너희들은 모른다
아무리 너희들이 수많은 감옥들을 세우고
그림자도 없는 무쇠같은 벽들을 높이 세워도
저 봄풀의 무성한 성욕으로
그 연약한 실뿌리 하나로 벽들은 금이 가는 것
너희들이 영원이라 믿는 것은 허깨비일 뿐
참으로 영원은 거듭거듭 죽는 것일 뿐
길을 내어 길에 갇힌 너희들은 그걸 모른다
사슬에 매이고 채찍에 감겨
더운 피 돌지 못할 때
서해 바다 뻘밭으로 우리는 가자
거기 노을 속 부화하는 새들을 보자.